U0467233

最后的村落
与爱心呵护的悲欣人生

梦 非 ◉ 著

四川民族出版社

图书在版编目（CIP）数据

最后的村落与爱心呵护的悲欣人生 / 梦非著 . -- 成都：四川民族出版社，2024.1
ISBN 978-7-5733-1754-4

Ⅰ. ①最… Ⅱ. ①梦… Ⅲ. ①散文集–中国–当代 Ⅳ. ①I267

中国国家版本馆 CIP 数据核字（2024）第 044346 号

最后的村落与爱心呵护的悲欣人生
ZUIHOU DE CUNLUO YU AIXIN HEHU DE BEIXIN RENSHENG

梦 非 著

出 版 人	泽仁扎西
责任编辑	伍丹莉
助理编辑	果基伊辛
责任印制	谢孟豪
出 版	四川民族出版社（四川省成都市青羊区敬业路 108 号）
邮政编码	610091
设计制作	成都圣立文化传播有限公司
印 刷	四川金邦印务有限公司
成品尺寸	170mm × 240mm
印 张	11.75
字 数	160 千
版 次	2024 年 1 月第 1 版
印 次	2024 年 1 月第 1 次印刷
书 号	ISBN 978-7-5733-1754-4
定 价	58.00 元

著作权所有·侵权必究

前言

　　这是以文学的叙述方式展现的羌族聚居区有关麻风病防治的历史，也是党的民族政策给羌乡带来巨大变化的"缩影"。本书展示了中华人民共和国成立以来、阿坝藏族羌族自治州（后简称阿坝州）建州70年以来，茂县乡村传染病防治方面的不平凡经历和取得的成就。

　　麻风病是在民族地区肆虐了数千年的传染病之一，曾导致众多村寨家破人亡。长期以来，人们谈麻风而色变，一旦染上就只能自生自灭，无奈而凄惨，直到1950年后，情况才开始得到改变。从此，防治麻风病的过程也是充满国家关怀的过程。

　　本书所记述的麻风村是阿坝州最早的麻风病防治隔离点，建立于1959年4月，位于今茂县沙坝镇（原三龙乡）纳呼村刁花沟，建立后就承担着对当时的茂（汶）县及邻近的汶川等县麻风病患者的治疗任务，至今已长达60余年。

期间，无论是管理者、医生，还是患者，他们的每一段医疗历程都有故事，每个人都有着自己的别样人生。他们均置身事内，扮演着自己的角色，为麻风病人服务的专职医生、管理员、民政干部、区乡工作者、社会热心人等，无不有一颗高尚之心，他们做着平凡事，把国家救济、党的关怀转化为患者可以感知的温度，谱写了一曲又一曲真情奉献之歌。

同时，那些由受助者组成的特殊群体，在因为染上疾病使命运发生改变之后，汇聚在麻风村里。他们因为是患者，让人感到不幸，又因为遇上了一个新时代，而让人感到幸运。进村后，他们生活在一起，接受免费治疗、享受国家救济，也从事生产劳动。无论是治愈后回家的人，还是亡故后长眠于那片山野的人，都让人百感交集。

他们是有血有肉，也有着自己的愿望和向往的人，这些充满七情六欲的人，长期聚居一处，就使这里充满了人间烟火味。这里与世隔绝，却也是一片"江湖"，所以，便有了一部生活气息浓郁的"村史"。村史由其存在的过程和人的故事组成，每一段都很精彩，我将其中具有代表性的人和事记述下来，是希望"以小见大"，展现出麻风村数十年的全貌。

所有往事皆让人沉重又让人感动，因为参与其中的人，表现出的坚守与勇气、韧性和坚强，以及在逆境中展现出的信念与乐观向上的精神，都是激励我们向上的力量。即使是书中那最后3个村民的经历，也足以让众多的人去检视人生，滋生出战胜一切的勇气。

　　感谢时代提供的机遇，让我又成就了一件有意义的事情。随着这部记录地方传染病防治历程的"记实作品"的完成，我相信已对那段历史的挖掘、再述找到了一种可行的方式，因为阿坝州的麻风村曾有8个之多，它们都有着值得被书写的特殊历史。

　　用文学手法阐述的历史，"可读性"总是其最大优势，在提倡"读史"的今天，只有让历史以人们喜闻乐见的形式走出高阁，走进大众视野，被人们感知并触摸到具象的存在，才能给人以启迪，甚至改变阅读者的生活态度。

　　但愿本书能起到这样的作用……

2022年9月8日

目录

CONTENTS

001 | **引　言**
　　　因终结而圆满的村庄

007 | **村史溯源**
008 | 史前追记
012 | 村境探秘
017 | 建村背景
020 | 县域情势
024 | 老刁花人
034 | 推动者马福寿
038 | 初始时光
042 | 居所变迁
051 | 入住村民
057 | 管理探索
063 | 农畜生产
069 | 康复治疗
073 | 流调筛查
076 | 迁建插曲
080 | 山中那些坟
087 | 新生生命
093 | 邻里关系
098 | 国家救济

103 | **奉献者传**
104 | 医生蔡光弟
112 | 医生苏绍先
118 | 管理员马朝林
122 | 管理员余金龙
126 | 深情民政人

131 | **留守村民**
132 | 乐观者冯高兴
139 | 善言者文善思
149 | 老病号王沉默

157 | **回乡生活**
158 | 杨逢时的朴素人生
164 | 随缘人唐勤奋

172 | **参考资料**
173 | **后　记**

> 引言

因终结而圆满的村庄

对这个村庄来说，结束才是最好的开始。

它叫"刁花麻风村"，自20世纪50年代出现在雪山草地上，历经数十年悲欢离合之后，走过的历史便成了民族地区传染病防治成就的缩影，它是一群人解除病痛并开始新生活的驿站。

村落位于四川省阿坝藏族羌族自治州茂县沙坝镇三龙沟纳呼村，我前去探访时，因正值3月，野桃花开满了山原，簇簇粉红点缀在返青的树林里，如争艳的女子灵动着亘古时空，那纯净自然之美，让人根本无法将这里和"麻风"二字联系起来。我望着随海拔上升而形成的不同风景，放任万般思绪，从心里滋生出的愿望竟如此美好。我心想，那些松、柏、杂木、四季皆青的箭竹、各色野花，在装点着这方山水时，也一定为麻风村的村民带来过感动。

茂县麻风村出现在中华人民共和国成立第十个年头的春天，《茂汶羌族自治县志》中即有"1959年3月，在三龙乡刁花寨建麻风村"之记。成立时，虽然很少有人意识到村落的形成，将创造出民族地区传染病防治的历史，但它创造出的历史仍存在于羌乡大地，宛如一首颂歌，把一段不平常的岁月传唱得情深意切。

是时，村落所在的三龙刁花沟乍暖还寒，树木花草刚好在春天里复苏。背着行李的一行人拖着疲惫的身体走向沟内，步履蹒跚、心情沉重，对未来充满担忧。但春天的气息已从溪水边的绿意中散发出来，他们或许没有想到，自己的命运伴随四月的脚步，即将彻底改变……

有人得到好处，必然就有人做出牺牲，麻风村的建立也是这样，病员入住时，原来的老刁花人便按要求搬离，付出了无数艰辛。他们有10户，离开前将所有生产生活用具、积余粮食全部留下，只身迁到了沟外的卡芋、卡窝寨，借住在亲戚的房子或者圈舍中，日子极为艰苦，几年后才重新迁回。

麻风村成立后，便在收治麻风病人的循环往复中，书写着自己微小但意义深远的历史，到2022年，已走过63个春秋。期间，形成的"村史"充满了艰难困苦、曲折艰辛，也满含温情、关爱、奉献。悄然发生的变化与前行的脚音，回响于山野，并伴了幽幽鸟鸣，水一样流淌在时空中。

那是从"零"开始的过程，以时间为线，故事为珠，串联起来就成了一部特殊村史。生存是贯穿其中的旋律，因为不管处在哪种环境中，人只有活下去，历史才会发生。

于是，围绕"活命"这一主题，茂（汶）县政府坚持按"国家救济和生产自给"相结合的原则，把解决全村的穿衣、吃饭、安居问题放在首位，将国家扶助政策体现在"救济"与"防治"活动中，自建村开始便从未中断过。救济范围极广，从衣物、棉被、米面粮油，到种子、农具、现金等，应有尽有，每年由国家划拨下来，通村公路建成前，由村民自己下山背回村里，通车后，则直接运送至门前。几十年来，所发钱物数量极多，《三龙乡志》中记载到，仅至1987年，就累计发放救济口粮1万余公斤，钱款6.81万元，这在当时可是一笔巨款了。

住房是安居的前提，除用来遮风挡雨，还能让人感觉到"家"的温馨。政府一直把提升居住条件作为大事来抓，开始时，村民住在被征用的寨房里，拥挤嘈杂，轻重病人无法隔离，男女也难以彻底分开。当地人说，病员多时他们还住过类似"地窝子"的简易房，由村民自己动手修建，村里给予工分补助。这种简易房连最基本的厕所也没有，不过是挖两个坑，搭一个简易棚，连遮挡物都没有，其他基础设施如治疗室等也极为简陋。

1980年，麻风村用争取和筹集到的资金8万元建成2幢木楼，终于让村民的居住条件上了一个新台阶，其中新建的电影放映室更是让村民的文化生活也开始丰富了起来。

2008年，"麻风村综合用房"被列入汶川大地震灾后重建项目。第二年底，一座高大雄伟的大楼出现在了半山坡上，因为留守者大幅减少，留居的村民拥有了超大面积住房。房屋矗立在山坡上，钢筋混凝土建筑，窗明几净，气派非凡，如一种象征，成了村落存在过的最后标志。

除了救济补助，自力更生也是村民们保障生活得以继续的手段。他们以集体生产的方式形成基层自治组织，在原有和新开垦出来的百余亩土地上耕作，在日出而作、日落而息的勤劳付出中度过了一年又一年时光。人们辛勤播种，收获的玉米、土豆、豆类、蔬菜都成了口中的食物，畜牧业则主要是养猪，也养牛、羊、鸡等，猪有时一年要养数十头，肉用于自食，加上通过伐木、采药等方式带来的数百至上万元副业收入，村民的日子也算得上有盐有味了。

当然，村民中也有因病重、残疾而无法劳动的人，劳力缺失加上其他原因，人们生产的粮食并不总能满足需要，有时还减产严重，导致口粮缺乏。所以，救济工作几乎从未中断，贯穿了麻风村的历史。

这部村史记录着无数人默默的奉献，每个村民背后都有人为之付出，让人想起"哪有什么岁月静好，不过是有人替你负重前行"这句话。长期以来，为他们服务的有三龙乡医疗小组、管理员、专职医生和当地乡村干部、民政人员、卫生部门的防疫人员，如蔡光弟、马朝林等。其中，建村后一个时期配备的服务人员有村医1人、管理与工勤人员3人。他们负责治疗、组织生产、分发救济物资，也解决纠纷、协调关系、送医送药等，特别是当地镇、村干部，至今仍在坚持为留下的村民排忧解难。

这部村史也记录了一段为村民治病疗伤的历史。至今，入驻过麻风村的村民已有近200人之多，他们在这里经历了悲欢离合。因村里的医生选择了"利福平"等新药物，采用了注射和服药结

麻风村所在地三龙刀花沟全貌（梦非摄）

合等治疗方式，加上同时辅以中医治疗，使村里的麻风病治愈率越来越高，进村的患者几乎都得到了有效治疗。《三龙乡志》中记载，到1987年时，麻风村收治的百余病员的临床治愈率就已到达了极高水平。

村里的患者病愈后走了，新的村民又走了进来，人们回忆说，那情景就像"铁打的营盘，流水的兵"。村民流动性极大，《茂汶羌族自治县志》记载，1959年到1987年累计收治124名患者，到1988年就只剩44名了。他们中一些人在病愈后带着"出院证"返回家乡，开始了新的生活，很多人如今都已是古稀老人，有的已儿孙满堂，而有一些人则未能走出村庄，亡故后长眠在房屋四周的荒坡里。当地人告诉我说，麻风村村民的坟有好几十座。当然，长眠者并非全因麻风病而逝，年岁过大或患其他疾病而逝的人更多，他们在另一个世界依然守望着这片土地。

麻风村自建立开始，就未缺少过故事，村里也是一个精彩的世界，一个属于村里人的"江湖"。这便导致了村情复杂，形形色色的人就引发了各种各样的事，它们交织在一起，鲜活生动。

村中居民也和当地人交往，彼此在相互了解中积累友宜，也发生过不少纷争。他们曾是让当地人产生恐惧的存在，相关知识普及后，才消除了彼此的隔阂。仅管外出交往一直不被提倡，但双方来往的历史却一直存在。期间，邻村人给予患者的关心、帮助，成了另一种无声的关爱，让患者在情感上得到了支持，在感觉自己并未被社会嫌弃的同时，增添了治疗与生活的信心。

村中，一些男女村民相互结对，共同生活，于彼此相拥中打发单调的日子。他们需要慰藉，也渴求正常生活，于是，便有了生儿育女的事，它产生在"禁令"之下，是既成的事实，存在于合乎情理和不合规之间，但新生命出生后，又带来新的希望，并被大众所接受。这些孩子在村中成长，到一定年龄又往往会被家中的亲戚接走抚养，上学读书。如今，他们都已长大成人，和普通人一样生活，有了自己的家，其中，还有一些人成了大学生。

2022年4月，留在村中的村民又有两人进了养老院，只剩一个叫冯高兴的人依旧留守在那里，独自住在一幢高大的楼房内，守着那一段特殊的回忆。我去时，他在楼前的坝子上晒太阳，如饱经沧桑的人看淡了一切，他的心情也平淡了，所有往事都仿佛停留在村里那些空空的楼房和四周的山野之中。我想，随着那个最后的村民的离开，麻风村也就结束了自己的使命，并会很快淡出多数人的记忆，但它不会被历史忘记。对于麻风村来说，存在过便注定镌刻于历史，只是它很特殊，不需要未来。

如今，三龙麻风村已即将完成自己的使命，和其他村寨相比，它的终结就是最理想的结局。我觉得所以人都有着同样的期盼，因为对于那里，只有结束才意味着开始，没有未来才是最好的未来。

2022年5月9日

村史溯源

cun shi su yuan

史前追记

其实,此"史前"非彼"史前",它并不遥远,不过是麻风村建立前的一些往事。

这个寨子位于岷江和涪江河谷的崇山峻岭之中,区域属茂县,面积很大,当时有近5000平方千米,是最大的羌族聚居区,高山河坝都遍布着石头建筑。人们生活其中,日出而作,日落而息,炊烟缭绕,山歌悠扬,农田多为坡地,交错分布于房屋四周,山间溪水流淌,林木青幽,给人一派田园牧歌的印象。

长期以来,看似居住在风景中的人,却苦于地方传染病的困扰,让生活多出了不少艰辛。其中,麻风病即是横行了数千年的一种疾病,它流传甚广,几乎遍布整个山区,一旦感染,患者便意味着开始了一段悲惨人生,他们无论男女老少,都被命运之手牵引着,只能在病魔的折磨下走向生命的终点,有的甚至家破人亡,这不禁让人想到伟大领袖毛主席写的"绿水青山枉自多"的诗句。

感染麻风病的人,会被孤立于村野,家人也要回避。于是,患者只得远离家庭、村庄,找一处僻静地,或住在岩洞里,或修建起简易房、搭一间草棚子求生存。现在,还有不少遗迹仍隐藏山中,人称"麻风棚""癞子房""大麻风梁子"等,我每次经过,都会感受到一种阴森森的气息。

这里发生过很多与"麻风"有关的故事,有的人得病后躲入深山,有

曾经的麻风病多发地土门河谷如今山青气朗（梦非摄）

的人并未得病却以"麻风"作为掩护来达到一些其他目的，每种经历都让人心酸。其中，麻风病患者的故事大同小异，他们往往都是在自我隔离中了结一生，比如下面这个发生在土门一带的事。

　　这件事是一位老干部讲的，他曾任民政局长，也是在事发地土生土长的人。他说，以前有个村民姓李，娶妻生子后，其乐融融，一家人耕田放牧，勤俭持家，但其妻却不幸得了麻风病。随后，她被赶到了大山里，在一个叫"斜岔口"的地方，搭起草棚独自生活，粮食等用品由家人送至，饭由她自己煮。有人送东西来时，她也得与来人隔着一段距离，或用一根竹竿递过去接，或让人将东西放在地上，等人走后再去取。后来，她病死在山中，被人在草棚旁边挖个深坑埋了。那干部还说，这种类似的事他知道的就有5例，而那些住过麻风患者的地方，过了很长时间，仍有遗迹留存。

"斜岔口"我曾去过，记得那儿有一道沟很深，流着清澈的水，两旁植被茂盛，沟中段有一棵大树，有数人合抱那么粗，树叶青翠，每到夏日便开出满树花朵，当地人叫它丁木树。树边有古庙一座，供奉着龙王等神像，青瓦石墙，显得庄重而神秘，四周一片宁静，唯鸟鸣啁啾，云飞天外。当地人对我说，古庙前方双溪汇合处，即有麻风棚。也不知那个女人是如何熬过那些孤单无助的日子的。

另外，像曾经的发病地洋盘沟等，据说也有类似的事发生，那里的麻风病患者生前独自在岩洞里、崖壁下、土棚中挣扎度日，死后便被人在沟里的偏远处或就地掩埋，或用火焚烧。

当然，麻风病也曾在特殊时期被一些人用来做过"护身符"，如为了逃避兵役、劳役，或在灾荒时期，这些并未患病的人因生活所迫而假装染了麻风病，像土门河流域就发生过类似的事。一些人为了养活家人，将自己的眉毛剃掉，说自己得了麻风病，然后独自跑到高山上"隔离"，悄悄在林间空地上开荒种地，等到种下的玉米、土豆等作物成熟，又在夜晚踏着月色将其背回家中，确保一堆儿女在困难时期存活下来。

在那段艰难的岁月，这种情况时有发生。装病的人最常用的方法是将火灰等碱性物，兑水后涂抹在眉毛上，等其掉落后，便宣称自己的麻风病发了，需要到特定的地方生活，然后避开众人，悄悄地让生活持续下去。永和沟一老者就回忆说，他便知道这样的一人。

那人独自生活，无家人亲戚，在那个最为困难的时期，即使是"两只肩膀抬着一张嘴"，日子也难以为继，他便用"碱水去眉"之法，弄光了自己的眉毛，然后说自己得了麻风病。那时，刁花麻风村正在筹建，不久，他就作为"病人"被送进了村里。至于那样做的原因，他说是为了吃上饱饭。虽知道他作假装病，却又让人不忍谴责，并且感到心酸。

所谓"假的真不了"，后来，那人的眉毛慢慢长了出来，医生说他的病已被治愈，让他回到老家生活。再后来，政府还将他列为"五保户"，又送他到养老院颐养天年。

这些发生在麻风村建立前的事，可谓形形色色，组合起来便是一部中华人民共和国成立前，这片土地上的人们与传染病进行抗争的历史，只是斯人已去，今天知之者甚少，我走访了半年，也只访到了不多的几例。它们都曾真实地发生过，每个故事都很沉重，让人感到那些岁月从未有过静好，置身其中的人，生命有如草芥，活着本身就已是极困难的事了，却又时时被病魔威胁，令人痛心。

有幸生活在这美好的新时代，在党的阳光照耀下，远去的悲歌只会定格在那段岁月。

2022年9月16日

最后的村落 与 爱心呵护的悲欣人生

村境探秘

寻访麻风村是需要极大勇气的，除了偏远的原因，还有对那片土地本能的畏拒心态。所以，我下决心前往收集素材并准备写点什么的时候，已酝酿了好几年时间，毕竟那里自建村始，到现在都是一处让人倍感神秘又心生恐惧的存在。

麻风村旁的龙池梁子在五月依旧白雪皑皑（梦非摄）

麻风村是专门收治麻风病毒感染者的特殊村落，只能建在绝对封闭的地方，而阿坝藏族羌族自治州茂县三龙乡境内的纳呼村刁花沟刁花寨正具备这样的条件。于是，1959年4月，麻风村便出现在了那里。

刁花沟也写作"刁花沟"，位于岷山深处，原属三龙乡，2020年底三龙乡建制撤销，与回龙乡合并组建了沙坝镇后，便成了镇域内纳呼村的一条沟壑。刁花沟地处县西，属黑水河支流三龙溪的一条支沟，绵长曲折，溪水源自龙池山上的冰雪，涓涓细流弯曲流淌，水流性韧如刀，经千万年切割，一条幽深、狭长的沟谷便出现在了历史长河中。

沟谷极深，当地人说，从沟口至沟尾有10多千米，要行走好几个小时。我站在远处眺望，看见溪沟起于雪山之下，游走在天地之间，如蛇自西向东穿行而出，所经之地林木茂盛，芳草萋萋，雾气弥漫时，所有故事都隐藏在了时光的记忆里。

沟壑两边，山岭高耸，峰峦笔立，崖壁陡峭，群峰向天而生，并列如群马驰骋，松、柏、杉、樟、槐、柳、杨、皂角、桐、青冈、白桦等树长满了沟谷荒野，呈带状分布在不同的海拔线上，层层叠叠。林木间百草丛生，有乃兰、蒿、茅、野棉花、车前草、虎耳草、青萍草、发草、苔草、芸香草；草树生花，有野桃花、野菊花、兰花、芍药花、灯盏花、羊角花、喇叭花、白合花、金银花等。

我寻访时，正值3月，野桃花开满了山野，簇簇粉红点缀在返青的林间，如争艳的女子灵动着亘古时空，那纯净、自然之美，让人根本无法将这里和"麻风"二字联系起来。望着随海拔上升而形成的不同风景，放任万般思绪，从心里滋生出来的愿望竟如此美好，那些松、柏、杂木、四季皆青的箭竹、各色野花，在麻风村村民眼里，可曾给他们带来过相同的感动？

沟尾最高处称"龙池梁子"，因山那边有一凹地积水成湖，人称"龙池"，山也就因之得名了。据说，池中有龙，由此派生的《阿打英姐》传说至今仍是羌族地区流传最广的故事,那些关于爱情、美好的故事情节,曲折而又充满了悲情。我想,这是不是某种预示呢?集中在山中的那群特殊人群,不也经历过悲欢离合的岁月?他们曾把命运托付给了这些山、这些水、这些云上的光阴。

峰梁极高,《茂汶羌族自治县志》说其"位于三龙乡南部,海拔4118米",是茂县沙坝镇三龙沟和汶川县灞州镇阿尔沟的分水岭,岭上白雪皑皑,在蓝天下一片圣洁,云浮天空,于瓦蓝中点缀着白,如梦,也如生命的呼吸。山中有古道存留,它是连接茶马古道的一条支线。以前,当地人到汶川威州,翻越梁子,再顺龙溪沟而出就到了。这条小路至今仍在使用,两地人上山放牧、采药、求雨时,就行走于其上,山风时而会把路人高唱的山歌传到麻风村人的耳里。

雪线之下,高山草甸广布,茂、汶两县人将这里作为牧场,喂养牦牛、犏牛、骡马,草场下灌木茂密,杜鹃花浓,再往下则古木森森,松青竹翠。密布的大山羊角林下、草甸上,野生药材十分丰富,当地人称"道地药",有羌活、独活、大黄、贝母、虫草、猪苓、天麻、泡参、柴胡、当归、黄连、枸杞、雪上一枝蒿、木通、雪胆、细莘等。"三月生苗,七月采根"是当地人关于贝母的民谣,采挖药材,是村人曾经的收入来源之一。

山野自然纯朴,麝、熊、金丝猴、野猪、獐、画眉、麻雀、鹰、野鸡等众多飞禽走兽生活其间,它们长期与麻风村村民和谐相处,共同迎送日月春秋,让人感到这里所有的故事都是生命的故事。

这里的沟壑虽狭窄幽深,南坡上却生出了一片舒缓之地,有数百亩,坡上曾分布着两个古老的羌寨,上寨称"上刁花",下寨叫"下刁花"。说是寨子,但只有十来户人家,房屋"依山居止,垒石为室",石屋、石碉浑然一体,建村时,这里的人们已独自渡过了与世隔绝般的千年时光。如今,房屋基址仍存,残墙断壁立在田园上,沧桑古朴,一看就知道已有数百年历史，过往的烟火好似仍弥漫在空气中，房屋的主人曾一代又一代生活其间。麻风村初建时，这里又成了麻风病患者的居所，只要靠近，每道缝隙就有神秘的气息渗透出来。

每个麻风村的地理环境都素以"封闭"为特征，三龙麻风村也不例外。以前，村落山高路远，从沟内到沟口的卡芋寨，一条小径隐于林木中，蛇形而下至山脚又沿溪向东，至沟口方与史称"花曲路"的古道（花桥至曲谷）相连。然后，再行约五六千米，走到今茂（县）黑（水）公路后，继续向南行走30多千米才能抵达茂县城。

其间，"花曲路"所沿的三龙溪，古称"龙坪河"，清道光《茂州志》载其在"州西九十里，北流入黑水河"。河谷两岸群峰并列，磨刀板梁子、龙池梁子、老君山梁子、求雨梁子、鸡公山、菜刀岩、九龙山、干海子梁子、面板岩等由岷山派生的山峰峻岭直插云天，如群马竞逐，最高峰海拔4700余米。

建村时，县、乡、村公路均未修建，从村落到县城，总计不下五六十千米的小路，得走两三天时间，一路山重水复，爬坡上坎，经过的小道均沿溪河沟壑而建，悬于崖壁，号称"极险"。其中，至黑水的"西大路"，自县城凤仪过镇西桥后，沿岷江西岸而上，到赤不苏两河口入黑水界，计程70千米。《茂汶羌族自治县志》记载，路依崖邻河，横挂在悬崖峭壁，如线一样牵在岷江与黑水河岸边，到花桥就途经了十里堡、椒园堡、宁江堡、长安堡、松溪堡、两河口、沙坝，有诗形容其为"蚕丛栈道险，悬筒渡索难"。

如此，麻风村便隐藏于深山，成了一片神秘之地，虽时有人谈起它，但绝少有知道其真面目者。今天，随着交通条件改善，即使村庄已被国道、乡道、村道串连起来，进出不再遥远，仍让人感到偏远神秘。

现在，因一批批病人治愈后返家，或者离世，至2022年4月，只剩下1位病愈的老人留守村里了，唯有那幢独立于山坡的高大楼房，空得让人思绪万千，那沧桑之感与过去的蹉跎岁月在我眼前逐渐重合，显得无比厚重。楼房四周，遍布的李树正开放出白色花朵，让我置身在花的海洋，让我感到这里发生过的故事是那么神奇而温暖，从中彰显的时代精神是多么伟大，人文关切是如此深厚。

  历史总会留存在史志里，收藏在档案中，或流传于民间，每一个情节都是鲜活的，每一种情怀都感人至深。我站在2022年乍暖还寒的春天里，看见麻风村人开垦出的土地已由山下的村寨人以"流转"或其他方式开发耕种，满坡遍野栽植着果树，树上叶青花白，林间覆盖的地膜莹光闪闪。

  时代的变迁，让一片神奇寂寞的土地呈现出无限生机与希望，如从昨天延续至今的梦想，也必将续写明天更加精彩的故事。

2022年4月2日

建村背景

任何历史事件的产生，都源于其深远的社会背景和民众的需要，三龙麻风村的出现也是这样。

麻风病是由麻风分枝杆菌感染人体后，引发的慢性传染病，感染后虽很少引起患者死亡，但会伤害其内脏器官，造成肢体残疾或畸形，导致嘴歪、鼻塌、眼窝深陷、眉毛和关节脱落、手脚残疾等。患者"面赤如狮面"，给人恐怖的感觉，故《素问》有云："病大风，骨节重，须眉坠，名曰大风。"至1950年，麻风病已在茂县流传了数千年，中医称其为"疠风""大风""恶疾"。

那时，正值1959年初，在江西省宁都县召开了"全国防治性病、麻风、头癣工作会议"。会议由卫生部和内务部联合主办，从2月25日开到3月3日，各省、直辖市、自治区卫生、民政部门负责人及多地皮肤性病防治科研代表、中西医专家共483人参加了会议，卫生部、内务部领导及江西省委书记出席并主持了会议。在那次规模空前、层次极高的会议上，宁都县治疗麻风病、性病等的经验得到广泛推广，争取"在一切可能的地方基本消灭性病、控制麻风传染并开展头癣防治"的年度奋斗目标被确立了起来。

接着，各地开始按制定的1959年防治"梅毒""麻风""头癣"指标，建立"麻风村"收治病人，在很短的时间里，全国就建成了700多个麻村。在全国各地都把建麻风村作为一件天大的事的背景下，四川也不例外，因为四川省许多地方本就是麻风病高发区，相关资料显示，在1982年，四川全省仍有1.3万余名麻风病患者。所以，对上述会议精神的贯彻落实很快便被提上了日程，一批麻风医院、麻风村出现在了乡村荒野，像凉山彝族自治州，在1959年就有16个县建立了麻风村17个。

是时，阿坝藏族自治州各县也存在着麻风病高发的情况，茂汶羌族自治县人民委员会于1959年5月21日形成的《关于建立麻风村工作情况的报告》就说，在1958年开展的流调中，仅茂县、理县、汶川即发现了病员160人左右，占到了总人口的1.3‰。其中，渭门、光明、草坡等地的发病率尤其高。

以前，在阿坝各地，不管是谁，感染麻风病后，都会受到社会的歧视，被驱逐出村寨，自生自灭，有的人甚至还会被火烧、活埋，其状甚惨，被驱赶至深山者，也多半会在病痛中孤老终身。现在，一些地方仍有"麻风洞""大麻风梁子"等地名留下，那里即是隔离过麻风病人的地方。记得我的家乡就有一处孤零零的黄土夯筑的房屋基址，四周长着茂盛的树，墙头芳草萋萋。这个房基遗留在一座山梁上，和村庄隔着一条深沟。那时我还小，每次上学都要经过那里，因害怕总是小跑而过，回望时，心里都会有神秘和忧伤的感觉。当时那些被隔绝于其中的人，有过怎样的无奈和绝望呢？

建麻风村的工作紧锣密鼓地进行着，据阿坝藏族自治州卫生处、民政处于1964年11月2日提交给四川省卫生厅、民政厅的《关于麻风村工作情况的报告》显示，1959年至1964年，州域就建成了麻风村8个，它们分布在金川、阿坝、松潘、黑水、若尔盖等县，神秘而特殊，虽收治了病员556人，但未被收治者，仍有千余人之多。

当时，茂县正值和汶川、理县合县时期，史称"三县合一"，县名为"茂汶羌族自治县"，县委第一书记、县长为苏新，副书记、副县长为马福寿等，治地设在威州镇，所以有关建立麻风村的许多决定都是在那里做出的。自治县政府针对各地麻风病的传染与患病情况，按照国家"边调查、边隔离、边治疗"原则，以集中收治为手段，始终让建村工作顺应着时代潮流。1959年4月，今理县境内的苏武麻风村、茂县境内的刁花麻风村几乎同时建立起来，并在当年就收治了患者86人，收治率达到了发病人数的53%。

从此，在许多纯粹自然、寂静无声的沟谷深处或者僻静之地，便出现了在雪山草地上独一无二的特殊基层社会组织——麻风村。全村实行自治，村民除了几名医生和管理人员，全是麻风病患者。他们共同生活，如平常人一般面对着生老病死，持续着幸与不幸交织的人生，第一批病人治愈返家或死亡后，第二批又入住了。有的患者自进了村就再没有出去过，一直生活至现在，于村中渡过了半个多世纪的时光。

茂县三龙的刁花麻风村就是这样建立起来的，成了阿坝州乃至全省最早建立的麻风病患者收治地之一。

2022年7月13日

县域情势

这里所说的情势是关于茂县麻风病的传染和发病情况的。

麻风村建立前，就地方病和传染病而言，茂县境内的情形都不容乐观，因为在历史上，茂县本身就是传染病多发区，像麻风病等传染病甚至一度还十分严重。它们流行在那段缺医少药、卫生环境条件极差的岁月，像狰狞的恶魔般横行霸道，长期威胁着人们的身心健康，也成了制约当地经济发展、社会进步和生活质量提升的因素之一。

此类情况到了20世纪50至80年代仍然存在。期间，茂县仅被纳入传染病管理的疾病就有26种，麻风、霍乱、天花、白喉、流脑、麻疹、伤寒、黑热病、疟疾、克山病、结核病都曾横行一时。《茂汶羌族自治县志》记载说，在清代宣统年间（1909—1911），因伤寒病流行，原雅都乡（今赤不苏镇）喜喜寨80户400人中，就死亡了350人，死绝70户。而在1935年，因缺医少药，全县更是因伤寒病暴发，死亡5000人左右。

而在各类传染病中，麻风尤甚，羌族民众称之为"癞子"或"大麻子"。长期以来，无数人在其折磨下艰难求生，又因缺医少药，不幸染病后，即意味着悲惨人生的开始。他们的身心备受折磨，还要承受社会的冷眼、回避、排挤，唯有在煎熬中走向生命的终结。

县域内的发病地区与病情被记载于《茂县民政志》里。志中说，在20世纪50年代中期，全县进行过一次麻风病调查，调查中发现传染形势极为严重，仅1955年就发现了患者72人。他们分布极广，几乎遍及境内的赤不苏、沙坝、较场、凤仪、土门5大片区，光明、富顺、东兴、渭门、三龙、维城、黑虎、沙坝、沟口、永和、三龙、宗渠、凤仪等乡镇皆有，并且土门等乡历来就是高发病区。其中，在原光明乡中心村，麻风病较为普遍，村里曾在刁花麻风村接受过治疗的就有多人，有一家更是兄妹3人都被感染过，有1人直到2022年初才离开麻风村。他们中有许多重度感染者，手脚残废，失明，生活得极不容易，每一天都几乎在焦虑、失望与希望交织的情绪中挣扎，消耗着一天比一天少的生命。

同时，患者因具有传染性，成了所在村寨的不稳定因素，人们对与其长期相处在心理上感到十分恐慌，使患者本人和其他村民的生产生活均受到了影响，亲属也往往抬不起头来。

那时，他们唯一的解决办法是请释比（羌族宗教中类似祭司的角色）、先生（巫师），通过跳神、驱鬼、画符等方式进行治疗，或者服用一些民间医生配制的草药，但都收效甚微，有时，还会弄出天大的事。茂汶羌族自治县人民委员会卫生科和民政科于1964年9月5日完成的《关于报送我县麻风村工作情况的资料》中便记载了一件案例。该案例说，在1963年，尚有28人未能得到麻风村的收治，那些人生活在各自的村寨中，饱受冷眼。为能留在家中养儿育女，他们怀着对尽快治好疾病的希望，往往"病急乱投医"，多有上当受骗者，如一名叫陈云山的石纽乡麻风病人，就听信了原前锋公社壳壳寨的草药游医王维金的话，请他治疗了很长时间，结果仅有的70元被骗走了，自己也被医死了。直到今天当我听人讲述那些关于麻风病患者的故事与生活情景，或者偶尔经过他们的埋葬地时，都"别是一番滋味在心头"。

所以，茂县对于建立麻风村的要求，有如"瞌睡遇枕头"般强烈，积极性很高。据茂汶羌族自治县人民委员会在1959年5月21日形成的《关于建立麻风村工作情况的报告》的记载，建村工作开展后，县、区、乡共同努力，按照有房、有耕地、有水源、有柴；既要"柴水方便"，又要"交通不便"；路得平缓、不危险；村应位于高半山，但又离医务人员不能太远，需方便治疗等选址原则几番寻找，发现刁花沟是一个具有天然隔离条件的地方。

接着，沙坝区委领导走进刁花的上、中、下寨，开群众大会，做宣传动员，到寨里各家各户中开展动员搬迁的思想工作。过后，原寨人便按当时"一平二调"的政策，迁至沟外的卡芋寨，把祖屋和部分生产、生活用具都留给了麻风病患者使用，田园、耕地及荒山荒坡也被划为麻风村的集体用地。当然，这也不可避免地造成了一些遗留问题。为解决部分原寨中村民的损失赔偿问题，历届乡党委、乡政府、民政部门一直在努力。

那时，作为本土干部的县委副书记、副县长马福寿起了至关重要的作用。纳呼村一些老人回忆说，麻风村建村前，选址首先成了一道久攻不克的难关，人们因对麻风病有着本能的恐惧和拒绝心理，都不同意将麻风村建在自己村内，即使建在附近也怀着巨大的抵触情绪。后来，经实地考察，县领导马福寿主动担当，说服乡亲，让麻风村建在了自己的家乡三龙乡纳呼村刁花沟内的刁花寨。因此，马福寿便成了当地建立麻风村的实际推动者。

确定了建村地点，茂汶羌族自治县人民委员会便在1959年4月初下发茂卫民字〔1959〕第17号文件，做出了"在沙坝区三龙乡刁花寨建立麻风村"的历史性决定。至于决策时经历了怎样的过程，《茂汶羌族自治县志》或卫生、民政志均并未进行详细记载。我想，那一定是一个充满争论的过程，甚至无人意识到他们当时做出的决策，将改变众多人的命运，将书写一段特殊的历史，但议题获得通过，便是最好的结果了。

随即，麻风村首批村民按时进村，1959年4月22日，还召开了有47名村民和县民政、卫生等部门参加的"建村大会"。三龙乡党委、学校、供销社、区卫生所、农业社不但发来贺词，供销社、三龙乡畜牧社还送来了毛猪2头，铧头1把，麻种10公斤。麻风病患者刘安成则代表全体村民表决心说，要安心在村里生活。会后，又安排村民给各自家里写了一封信，从此，麻风村便作为最基层的一级建制，出现在了茂县乡村发展史上。

2022年7月14日

老刁花人

任何一次历史事件的发生，都会有人为之做出牺牲甚至付出巨大代价，这和我们常说的"为了大多数人的利益"一样。麻风村建立时，生活在刁花的居民便成了为民族地区麻风病的防治而牺牲了个人利益的一个群体。他们情愿或不情愿地让出了世代居住的家园，把农田、房屋甚至生产生活用具留给病员使用，自己迁徙至沟外的卡芋寨，后来又重新迁回，几经波折。他们的生活自1959年起被彻底地改变了。

刁花是一个古老的羌族聚落，自有人居住以来，时光已跨越数千年之久，至明末清初之际，刁花人仍被称作"无主生番"，后来这里由瓦寺土司管辖，属三齐（三龙）三十六寨之一，至清乾隆十年（1745）三月，方"脱土归州"，进入地方政府治理序列，从此认粮纳贡，成了由茂州府隶属的村落。以前，那里人户很多，分散居住在上、下刁花的寨子里，老住户陈礼忠说，人口最多时，相传有99户。在树林里、荒地中，至今仍有很多房屋基址、开垦过的土地等遗迹留存，让人在面对断壁残垣时，不禁生出沧海桑田之感。

麻风村建村时，郭子清、余永华、陈兴隆、何海荣、杨后江、王永清、陈炳富、陈顺富、陈礼中仍居住在山中。茂县档案馆收藏的资料"1959年民政科第50卷第45页"中的《刁花麻风村建立工作情况》记载，刁花是一个自然寨子，有10户，共32人。据仍然健在的陈、余二位老人讲，10户人中，人口最多的一家有9人，最少的4户却每家只有1人，称"单个户"，其所居房屋矮小破败，几乎不能使用，他们在史料中甚至被合计成了1户，这也是一些人说刁花原住民只有7户的原因。

他们世代生活在山中，垦荒种地、采药、狩猎、畜牧，一代又一代沿习着传统的生活，自祖辈定居时起，已有上千年之久，虽然自然条件艰苦，地势偏僻，生活并不富裕，但却日子安稳，生活平和。那时，他们的生活如果一如既往，便不会有太多波折与无奈出现在前行路上，使人生多出了许多曲折与艰辛，一些人至今对有些事仍难以释怀。

麻风村建立前夕，人们正忙于春耕生产，对即将发生的事情一无所知。一天，三龙乡乡长陈丕德突然走进寨子，召集大家开会，说政府要在刁花新建一个居民点，要求他们搬迁至河坝生活。对于这些，每个人都感到很意外，但并没有多问，只觉得既然建的是居民点，肯定条件会好许多，便响应号召了。一位原住民说，搬迁的地点是山下的卡芋，也是纳呼大队（村）的生长队（社），在那个统一核算、按劳分配的大集体时代，影响似乎不大，而且在当时的政策和社会背景下，他们愿不愿意都得服从安排。

事情推进得很快，以致麻风患者都走进了寨子时，他们还未来得及搬走，也才知道自己的祖居地原来要建麻风村。在那个年代，人们对麻风病还怀着一种深度的恐惧，大家见数十个感染者住进了家乡，便立即带着简单用品，离开老家，迁往沟外的安置地。期间，因走得匆忙，许多人户只携带了少量生产生活用具，老寨人余永华说，她家就只带了被子、衣物等极少的东西，连世代相传、家人最为看重的神龛都未能搬走，至于其他财产，便可想而知了。

迁离后，老刁花人的耕地、房屋、家具、农具、积存的粮食，甚至锅、碗、瓢、盆等，都交给了麻风病患者使用。有人回忆说，刁花人还留下了一个食堂，这在现存档案《刁花麻风村建立工作情况》中的"留下房

| 最后的村落 与 爱心呵护的悲欣人生

老刁花人居住过的房屋遗迹（梦非摄）

屋7幢、共18间，部分家具，耕地163.625亩"等文字中可了解。

迁到卡芋后，刁花人的生活并不像乡村干部动员时说的那么美好，因为他们很快发现自己一大家人根本没有地方栖身，只能靠自己想办法，几乎动用了所有社会关系，部分人才在亲戚那里借到了房屋，而另一些人则借住在由牛圈临时改建的草棚中，生活十分艰辛。这些情况，除了出自知情人的讲述，还出现在一些史料里，如一份向茂县政府、民政局、房产办公室提交的《关于三龙乡陈礼忠、蔡顺安等户房屋被茂县民政局占用的报告》中，便有关于1959年建麻风村时，陈礼忠、蔡顺安、高成明等搬迁至卡芋寨后，住在牛棚、草房、破房子里的记录。

当然，搬迁时也曾发过搬家补助费，但数额非常少，在今天看来，不过是象征性的。补助事项记载于1959年10月28日由茂汶羌族自治县人民委员会形成的《关于建立麻风村工作情况的报告》里。其中，"占用群众房屋的家具补偿情况"中即提到,三龙乡在1959年10月22日召开了专题会议,参加者为民政科陶科长、沙坝区杨明宣、三龙乡陈丕德和社会主任严春和,同时邀请了刁花寨王永清、陈炳富列席。

会议最后认定了国家下达的110元补助款分发标准,发放金额根据搬迁户的房屋质量、面积、家具多少确定,最多的是郭子清、余永华,各得20元,其余人户为10元或15元不等,最少的为何海荣、陈礼忠,每家只有5元。显然,补助远不足以支撑搬迁所需的费用,即使房屋及相关财产是按当时的"一平二调"政策征用的,但仅来来去去的搬迁过程就是极为劳神费力的事情,何况民间还有"搬家穷三年"之说呢,仅修建一座房子就能耗尽一代人的精力了。

到了新的地方暂时安顿下来后,刁花人便参加当地的集体劳动,从事农业生产,粮食等物资则由社队根据收成多少,按劳力、人口分配,除了居住条件差,他们也和当地人一样,日出而作,日落而息,一起出工,一起开会学习,但具体情况如何,却只有当事人自己知道。他们回忆说,不管怎样,毕竟在别人的地盘上求生存,无论生活习惯还是人情礼仪、行为习惯等,都需要很长时间磨合,摩擦也就在所难免。陈礼忠说,有人还骂过他们是"冲来的石头",他们处处小心,时常有一种低人一等的感觉,返回刁花寨生活的愿望,在心中也就更加强烈了起来。

搬迁之后,老刁花人的生活是不稳定的,尤其是住房,本就是借用亲戚的空余房子,当主人有新的用途时,难免就要另寻地方,修建新房又并非一朝一夕的事情,故有些人只好长期住在临时搭建的草棚里。其中,有户人家还因乡政府想征用其借住的房屋,而经历了再次搬迁的磨难,他姓陈,名顺富,一家人本来借住在亲戚的一幢大房子中,因房子面积大,乡政府打算用来作为办公用房,他们一家只得重新寻找居住的地方,几经周折才迁到邻近的卡窝寨里,从一户杨姓人家借到了一间圈舍,艰苦程度可见一斑。

就这样，诸多不顺加上精神上的自我逃避和寄人篱下的自卑，老刁花人思乡的心情便越发迫切。通过向三龙乡政府写陈述意见的信，并在1962年由三龙乡长于纳呼村主持召开的会上提意见、表达回迁愿望等，乡政府最终同意了他们的请求。于是，在异地生活了3年多后，他们又在1962年踏上了回家的路，再次被搬迁折腾得苦不堪言，然而回去后，大家才发现自己曾经的家早已面目全非。

原来，老刁花人前脚刚离开，麻风患者后脚便住了进去，他们人数极多，《茂汶羌族自治县志》说首批即有47人。到达后，这些人分散居住在7户人的房屋里。据县志载，为了安置新村民，村里对原房屋几乎都进行了改造，在这期间，房屋内部结构受到了极大损坏。所以，大家返回一看，全都目瞪口呆。

生活还得继续，回去后，虽然房屋由麻风村医生蔡光弟做了消毒处理，人们却依然心有余悸，怕病毒留存下来传染自己，都不敢轻易入住。最后，有些人重建了房屋，有些人则对老房子进行了维修，过程持续了很长时间。其中，余永华的经历便最具代表性。

我走访时，余永华已是85岁高龄的老人，她生活在三龙溪岸边，住在2008年"5·12"地震后迁建的房屋里，所在地仍属于卡芋地界，是她早年曾居住的地方。现在她主动迁至故地，在新世纪的山水间安度晚年，生活平静，日子虽不算富足，但也衣食无忧。我采访她时正值2022年8月，尽管气候依旧炎热，但山间已呈现出丰收的景象，房屋四周的李子已逐渐成熟。余永华老人精神饱满，身体健硕，红光满面，穿一身当地的民族服装，天蓝色上衣、黑色头帕，脚下穿一双绣花鞋，讲述那段经历时心情平和，并没有因过去的付出与经历的坎坷而充满怨恨，给人面和心善的印象，让我从心里升起了无限敬意。

她说，搬迁时家里有7口人，老人、小孩，一大家子，走时极为匆忙，记得只吃了一锅蒸洋芋，就带着被盖等生活必需品下山了。随后，一家人就在异地生活了好几年，很不容易，迁回后却发现房屋已受到严重损坏，根本无法居住，连房顶都漏水了，特别是神龛，已被推倒在地，这让她觉得是一件大不敬的事情，得罪了神灵和祖先。后来，她的母亲因为失明而找人算卦时，那人便说是神龛倒过的原因，这当然并不可信，但搬迁给她家造成的巨大影响却是事实。

后来，一家人将屋顶漏洞补好，又维修了楼板、装隔好房间，并且多次消毒，才暂时安顿下来。直到2008年后，她的子女在山下新建了房屋，她才再次迁离老屋。如今，余永华老人已儿孙满堂，儿女虽分户另立，但一大家子加起来仍有15口之多。他们的土地仍在刁花，分户时得到的承包地加上后来通过垦荒增加的农田有10来亩，地里种着羌脆李，虽然受低温、野生动物、市场行情等因素影响，收入还是较为可观。儿女们清晨开着车到山上劳作，傍晚时返回家里，她则在家做一些家务，一家人其乐融融，岁月一片静好。我说，这都是以前做了好事的回报，她说，应该是。

然而，有些人的房屋则没有被退还，1988年12月14日的《关于三龙乡陈礼忠、蔡顺安等户房屋被茂县民政局占用的报告》中说，有4家人的房子被麻风病人占用后，在当时只给了搬迁损失费100到200元，他们请求政府对其房屋被长期占用问题做调查，并进行妥善处理。据这份报告记载，被长期占用房屋的农户为陈礼忠、蔡顺安、陈炳富、高成明。今天，他们或已离世，或已是古稀老人，均已搬迁到了沟外的河坝或县城居住，只是赖以生存的生产资源仍留在老地方，给耕作带来了许多不便。

其中，陈礼忠于1942年出生，如今已是80岁高龄的人，居住在三龙溪边，房屋是地震后重建的小楼房，钢筋混凝土结构，门前有一处小院坝，种着花。我去时，他正忙碌着收拾东西，准备到县城租用的房屋里照看读书的孙子，同时向自己的两个徒弟传授"释比"技艺。原来，他出身释比世家，其祖上姓马，"马端公"在三龙沟乃至黑水河流域一带的名声都极为响亮。他自幼师从其父，经过"口传心授"，成了家族中又一代释比文化的传承者，现已是州（阿坝藏族羌族自治州）级非物质文化遗产传承人。

　　陈礼忠个头不高，精干瘦小，精、气、神俱佳，根本不像一个高龄老人，他虽饱经磨难，但在历经世事沧桑之后，已带着看开一切的平静，那深邃的目光中蕴含着无穷的智慧。此前，他为自己的事已多次到县民政部门表达过诉求，但都未得到解决，近年来也就很少再去反映问题了，好似已经认命，知道许多陈年旧事无法再有明确说法了，也很难弄清来龙去脉了。我采访时，他对此也未提及什么，像已不愿再纠结其中，影响自己晚年的心情。

　　搬迁时，他家也算家大业大之家，史料显示的户籍人口共9人（他自

笔者（中）走访为建麻风村搬出祖居地的陈礼忠（左）和余永华（右）老人（徐平摄）

己回忆为8人），留下的资产应该较多，但得到的搬家补助款却最少，只有5元。他"成份"高，属"地主"，相关资料中说的10户人中"有地主一户"即是指他家。

陈礼忠家的老房子一直未被退还，他回忆说，麻风村建立时，自己才十多岁，刚好从茂县中学退学回家，虽年少，劳动能力却强，曾主动要求赶牲口运东西。那是非常劳累，并且充满危险的活路，因当时公路未通，从县城运物资到三龙只能靠人背马驮，一去一返要用二到三天时间，路途遥遥，一路傍崖过水，十分艰辛。

在赶骡、走马、背货的同时，他还跟随父亲学会了"释比"技艺。搬迁后，他们也住在借用的房子里艰难度日，返回后因老房子未被退还，只得住在简易棚中，后来才修了个临时居住的房屋。屋子有两层，以石头、泥土和山中的木材为原料，用传统方法修建，建成时，连楼板都是用木杆、竹子和黄泥做成，很简陋，以后才改换为木板。接着，他们安顿下来，继续生产，过传统生活，日子平淡无奇，他也在光阴的流逝中不断积淀自己的认知和思绪。期间，他还曾为麻风村的住房、医院等基础建设出力献计，参加过伐木、立架等劳动。

现在，陈礼忠生活在沟外，家中有6人，所养育的7个子女均已成家立业。他和小儿子生活在一起，与当地众多传统家庭一样，遵循着"皇帝爱长子，百姓爱幺儿"的习俗，平时住在县城，照顾上学的孙子孙女，假期则回到老家，和儿子媳妇一起生活。他家中的10余亩土地都在刁花寨中，路途较远，好在通了村道，水泥路面，驾驶着"火三轮"或者四轮车都可早出晚归，地中栽培的李子是家中主要产业，收入能满足一家人的生活所需。

对于房屋被占用一事，他也想得到退赔补偿，但因是特殊历史时期遗留的问题，加上相关档案资料缺失等原因，和其他一些老刁花户一样，最后都未能得到圆满解决。他在许多次怀着希望而去、带着失望而归后，未再过多纠缠那些过往,渐渐地,也就未再陷入其中,让自己产生不快了。

至于老刁花人的遗留问题,民政部门其实也在努力,想把这些历史造成的事处理好,历任局长中也有很多人知道当时的情况,但一个时期有一个时期的事情,用现在的尺子衡量过去,总无法拉直,凡事都需要政策对应,没有相关依据便显得力不从心。多年来,他们为解决陈、蔡、余等人的问题,耗费了不少精力,多次到汶川县等地查阅档案资料,先后查阅了茂汶(62)字第06号、茂汶(59)茂社字第0017号等文件,并于1993年5月26日,向茂县人民政府提交了《关于茂县1959年建立三龙乡刁花麻风村占用农户房屋遗留问题的请示》。

请示说,按照当时有关使用"三寨"(刁花上、中、下寨)农户全部房屋,全部土地划拨麻风村使用的通知,共搬迁10户人,征用7幢、共18间房屋,因属非常时期,未就补偿等问题进行解决,以致后来农户多次上访,建议政府按茂府(1988)字第68号文件中,对"大跃进"时"一平二调"的房产,已解决的不再作处理的规定,鉴于麻风村搬迁户无解决依据,建议妥善处理,请求依照1962年确定的退赔费4200元(拟于1961年退赔2200元、1962年赔退2000元,但无落实证据)的标准折算补偿。请示还说,因多次向州民政部门争取资金未果,希望由地方财政支付,但方案最终未得到落实。

最后,那几户人家的房屋问题仍未得到处理。1989年的一份资料显示的退还户也只有一家,但退还时,房子已被麻风村人拆除并卖了旧房材料,得钱1300元,后经乡政府出面协调,除去各种开支,也不过收回了400来元。

如今,这些为民族地区麻风病防治做出过贡献和牺牲的群体中,那4家"单个户"除高学明迁到了纳呼寨安家,去世后埋在那里外,其余3户均在去世后埋在了山野中,房屋也只留下了几处遗址。其余人家则均迁到了沟外的卡芋等地,健在的几家户主都已是八九十岁高龄。他们位于刁花的房屋早已垮塌。我去时，好几个地方都留着房基，残墙石壁，杂草青幽，连石头缝隙间也开出了两三朵花来。世事总是如此，也并非"过去了的一切，都将变得美好"，现实生活离诗意总有很长一段距离。这让我感到了时光的沉重，面对梦一样矗立的断壁残垣，心里五味杂陈，还有什么比在一个特别的地方回顾和见证一段特别的历史更让人感慨万千呢！

　　对于一些人来说，有些事总无法过去，它们或成为心中的感念，或成为心中的痛楚。我想，作为历史的亲历者，每个人其实都并不容易，我唯有将心中的敬意和祝福献给那些老刁花人。

2022年8月27日

推动者马福寿

其实，某一项历史性事件的出现，背后都有着事实上的推动者，三龙麻风村的建立也是这样，于大的国家方针政策背景下，在对有关精神的贯彻落实中，它什么时候建、建在什么地方，都需要一个决策者做出决断。一位村民对我说，麻风村建村时，面对"选址问题"久而未决的情况，时任县委副书记、副县长的马福寿主动担当，做出了将麻风村建在自己家乡三龙乡纳呼村刁花沟的决定。所以，从这一公认的说法来看，马副县长至少是让这个传染病隔离治疗点落地生根的重要推动者之一。

当时，正是茂县、汶川、理县"三县合一"时期，称"茂汶羌族自治县"，县政府驻地在威州镇。《茂汶羌族自治县志》记载说，建麻风村的1959年4月前，参与决策的领导为县委第一书记兼县长苏新，书记赵秀璋、吴世福、张培和；副县长马福寿、袁永喜。一干人管理着2万余平方千米的土地，这里交通、通信落后，工作难度极大。让人感动的是，在那时仍然"谈麻风色变"的背景下，主动让收治麻风病人的村建在自己家乡，是需要极大勇气与宽广心胸的，它体现的是一位老红军的无私无畏与奉献精神。

马福寿不平凡的一生可分为两个阶段，一是参加红军，走上革命道路的阶段；二是革命成功后回乡主政建设家乡的阶段。

他是在自己的家乡纳呼村卡窝寨参加红军的，那是1935年5月31日。此前,因家境贫寒,1915年出生于一户羌族农民家庭的他,小小年纪就和自己的大哥马福堂、二哥马福龙一起以熬硝、贩运货物来维持生计。一次,两位兄长外出到今北川羌族自治县时,遇见了红军,随后,他俩便一起参加革命,做了通司(翻译)和向导。所以,当红四方面军31军93师先遣队进入茂县,经黑虎沟翻过耕读百吉牛场,攻占玉皇庙,到达三龙沟时,马福寿见兄长们均走在队伍里,便当即参军,成了一名红军战士。

《茂县红军人物志》记载说,马福寿刚参军就参加了1935年6月1日发生在卡窝的阻击战。当时,红军先遣队受到敌人的围攻,战斗十分激烈,马福寿的二哥马福龙英勇牺牲,他则随队在午夜成功突围。队伍攻克花桥

马福寿故地纳呼村卡窝寨(梦非摄)

后，又向理县方向前进，他经整训后被编入31军91师272团2营6连9班，走上了漫漫长征路。随后，他翻雪山、过草地，先后转战汶川、理县、马尔康，南下参加了天全、芦山、名山、雅安、邛崃、大邑等地的战役，负伤于芦山激战，其大哥马福堂也牺牲在了宝兴战斗中。

1936年2月，他随军翻越夹金山，征战于懋功（不金）、道孚、炉霍、壤塘、甘肃漳县等地，因所在连队担负着掩护、收容任务，过程极其艰辛，他因表现出色，于当年6月由共青团员转为了共产党员。到达陕甘后，马福寿又经历了四十里铺、九背河、高楼、天水铺等战斗的洗礼，成长为一名坚强不屈、经验丰富的红军老战士，并在进驻陕西三原县期间，随队完成了接应西路军至镇原等地的任务。

全民抗战爆发后，国共合作，他又投身于"抗日民族统一战线"的旗帜下，在八路军129师386旅772团先后担任机枪班班长和排长、干训队长、警卫连长、指导员，其所属部队在师长刘伯承的指挥下，转战太行革命根据地，他还于1939年在山西榆社县组建的抗战指挥部担任副指挥长、作战参谋。期间，他参加了百团大战等大小战斗360余次，仅在响堂铺战斗中，其所在的772团在执行警戒任务时，就击溃了从黎城出动支援的日军300余人。

他作战勇敢，多次负伤，4次受到嘉奖，但身体却因伤致"三级甲等残废"。1941年，在金家山战斗中负伤后，马福寿于次年转业至山西省武乡县工作。

从这时起，在到其回乡的1957年期间，他总是保持着继续革命的热情，无论是在县政府财政办公室任秘书，县委办任主任，还是在副区长、区长等位子上，他都尽心尽力，服务当地人民，先后受到山西省长治地委、武乡县委、区委表彰4次。

以"革命者"的身份于1957年4月调回家乡后，他先任县农工部副部长，在1958年6月开始担任中共茂汶县委委员、常委并被选为副县长后，一直身任要职。后来，他还担任过阿坝藏族自治州贫协会副主席、政协第六届与第七届委员会副主席等职务。

期间，他为家乡的发展呕心沥血，还在1960年发动群众，带领民兵平息了"白溪叛乱"。即使在"文化大革命"中受到过冲击，他仍初心不改，在家乡各方面基础极为薄弱的情况下，努力改写着当时作为"老、少、边、穷"的茂汶羌族自治县的面貌，尤其是对凤毛园艺场、大河坝园艺场、归属成都军区的洼底园艺场的开发建设，起到了至关重要的推动作用。当然，他也直接促成了麻风村出现在了三龙的山水间。

麻风村建成的第二年3月，马福寿被选为县长，至1983年11月离休期间，他不管是任革委会副主任，还是县委书记、阿坝州民委委员等职，都牵挂着生活在麻风村的村民，十分关心他们，并且安排相关部门兑现落实了所有国家救助政策，通过修建房屋、开垦土地等改善了他们的生产生活条件。

如今，马福寿已于1994年因病去世，从此长眠在了家乡的怀抱中，但人们依旧能回忆起他的许多事迹。我问一位村民为什么麻风村会建在他们村里时，他说，因为这里是马福寿的家乡。

马福寿的家乡位于三龙溪西岸一块台地上，地势平缓，自然条件较好，寨子建在刁花沟等溪水冲积的缓坡上，风情浓郁，寨后树木葱郁，田园里生机勃勃。红色遗址、遗迹依旧留存在这里，《红军碥》的故事仍在流传。

2022年5月7日

初始时光

麻风村初建时，也有过"万事开头难"的日子，入村的人经过长途跋涉走进村中，面对的是完全陌生的环境，住宿、生产等条件都较差，生活也很艰苦。人们在失落、无助、忧虑等情绪中一边生活，一边治疗病痛，度过了一段难忘的初始时光。

患者进村时耕种过的农田上如今已遍植李树（梦非摄）

那段时光分为入村前与入村后两个时期。

根据茂汶羌族自治县人民委员会1959年3月的茂卫民字〔1959〕第17号文件显示，在沙坝区三龙乡刁花寨建麻风村前，让麻风病患者入村接受治疗的宣传动员工作，其实早已全面展开。那时，麻风病患者分散于全县各地农村，特别是一些地方，除了有一家几口同时感染的情况，村中的传染人数也较多，有数户或者10余户不等，但即使是重点传染区，要让患者去一个未知的地方生活、治病，他们的心中也难免感到恐惧，于是，抵触情绪便普遍存在于病人和家属之中。

这在1959年5月21日由茂汶羌族自治县人民委员会提交的《关于建立麻风村工作情况的报告》中即有所反映。报告中说，各区乡都对群众、家属展开了动员，为使其消除顾虑，工作人员甚至三番五次地上门劝说，如三龙乡的朱姓患者、沟口乡的史姓患者等，开始时都不愿进村，后经干部说服教育，最后都同意前往。所以，患者多是在基本自愿的情况下走进麻风村的。为此，土门区还将专门动员病人入村的事纳入了工作日程，并采取了应对措施。

同时，又因当时条件所限，宣传手段落后单一，导致动员难以完全深入人心，对相关事情的解释也难做到全面细致，以致有近半数人未能被及时收治。对此，茂汶羌族自治县人民委员会于1959年5月13日下发了《关于加强对刁花、苏武寨麻风村的领导及有关问题的通知》，专门就解决动员不深入、病员惧入等问题提出了要求。通知还针对理县蒲溪乡麻风病人徐姓女子在麻风村自杀的事（她进村后因病情较重，家里又不肯送粮，加上管理干部关心不够，造成其上吊身亡），要求消除麻风病患者及其家属被加深的"进村恐惧感"，做好安抚工作。

因此，前期动员工作一直在完善、探索、创新、增加群众知情度和突出治疗效果中进行，开村时有一半感染者按时走入村中便是动员工作的成果之一。于是，茂县三龙刁花麻风村也就得以在1959年4月22日如期召开了建村大会，有33名男子、14名女子、4名儿童成了首批村民。

麻风村正式成立后，新的问题随之产生，除了住房拥挤，加上入村准备事项与对入村人员的界定出现了偏差，有的地方把病员的家属也一同送入了村里。《关于加强对刁花、苏武寨麻风村的领导及有关问题的通知》中还说，因部分村民在入村前对政策有所误解，以为进村只是单一地治病，吃饭全由政府解决，也不劳动，故基本未自带生产、生活资料。一些人则思想消极，见情况不是自己所想的样子，甚至闹着要返回家中，有个叫杨远才的村民还不愿集体吃饭，经开导后才逐步转变，安下心来。

针对这些，通知中还强调，应进一步做好对病人与家属的思想教育，让他们明白麻风村是治疗和生产相结合的地方；当年的费用需要患者家里承担，因家中贫困无力承担的患者也应由其所在乡政府解决费用问题，以后才会逐步实现自给自足。同时强调要通过宣传麻风病科学知识消除人们的恐惧与歧视，动员患者家属时常写信安慰亲人，多送零花钱、衣物等给患者。

那时，因经济水平低，财力有限，国家救济一时很难周全，自给自足和政府救助相结合的目标，经过了较长一段时间才实现。所以，在最初的时光里，针对因家中困难或路途太远，无法按要求自带粮食、小农具、种子、衣物等情况，少数区乡还承担了配送耕牛、大型农具等任务，农业社、患者家属则设法赠送了小猪，供销社、商店供应生产、生活资料，还在村里设了供销组，定期进村供应货物。

对于让患者自带物资或由家属送来物资一事，虽经所在地区乡动员督促，相关村民也写信恳求，但仍有些家庭无力做到，1963年11月3日的《刁花麻风村新收病人手续未清报告表》就反映了类似的情况。其中，在1962年和1963年新入村的10人，因未自带生活物资，家里又未帮助送缴，导致他们无论年龄大小（年龄最大者55岁，为较场区繁荣乡（松坪沟）人；最小者12岁，为土门乡人），都倒欠麻风村粮食10至115公斤不等，以及肉各

5公斤，多人甚至欠款10元。《茂县民政局志》记载，麻风村初建时，县财政拨款79.37元为村民购买农具，补助搬迁费110元，为困难人员发放寒衣10套，解决医药款300元，才帮助麻风村的人们度过了第一个冬天。

　　于是，生存就成了建村最初的重大问题，而人又总是有办法的，何况他们本就来自各地农村，勤劳、节俭、吃苦耐劳是大多数人的美德。期间，自力更生便成了自救方式之一，《关于建立麻风村工作情况的报告》中说，从1959年4月22日到5月21日的30天里，村民们自己动手，自制木盆20只，编织抽笼40个，让吃饭、洗衣、洗脸、洗脚的问题都迎刃而解。当然，他们制作的用具远不止这些，还有刀挎子（刀销）、背篼等。

　　走出了第一步，便有了后来的第二步、第三步……

　　当我梳理这些资料时，也不禁感慨，只要开好了头，再难的事也就会持续下去了。麻风村就这样在偏远的山沟里，依靠着一群人的坚韧和勤劳，经过各方不懈的努力和家属的配合鼓励，以及社会各方面的理解支持，终于迈出了前进的步伐，在随后的半个多世纪里，村民们于坚守中与命运抗争，一步步走向希望。

2022年7月18日

居所变迁

在麻风村里，村民的居所也经历了一个变化过程，从最初的民房，到全木立架、青瓦盖顶的楼房，再到一幢钢筋水泥大楼，每一次转变都意味着他们生活条件的改善。

建村后，村民们度过了很长一段"石室岁月"。

开始时，住房只有寨中原住民留下的老宅，当他们响应号召迁出祖居地后，房屋与农田便被征用充公，划归村集体所有了，这样，才有了用来安置患者的房屋，《三龙乡志》即载："当年入村病员47人，住房为2幢民房。"房子属当地羌族传统建筑，修建于山坡上的小块平地中，让人想起《后汉书·西南夷列传》所载的"依山居止，垒石为室"的情景。

这些房屋以石头、泥土、木材为原料，按传统建筑技艺修建。据一位让出故宅的老刁花人的后人讲，自己的父辈放弃房子前，已在其中居住了很长时间，房屋的建造过程十分讲究、庄重和复杂，基址多是一个姓陈的老人选择的，因为他家为释比世家。我在麻风村时，就遇见过那人，约六七十岁的样子，瘦高身材，正和麻风村里居住的最后一位村民聊天。他说，他的父亲正是当地释比，很有名，经过"看风水"将房屋基址选在了"脉气"上，这里地势高峻、视野开阔、朝阳保暖。我站在房基上放眼四望，看见溪流山脚，群峰环绕，沟壑幽深，雪山拥后，风光在前。

以前，依照本地习俗，村民居住的房屋在修建时，"施工队"都是由原房主以"请功夫"的方式,邀请亲戚、家门和其他帮忙的人组成的。整个修建队伍以石匠为主,专门负责砌墙,人们亲切地称他们为"师傅",另一些人则负责背石头、和泥、背水、递工具等,称"打下手"。

施工时,第一道程序是下"基脚",在推算的良辰吉日动工,根据地形在地上挖出长方形或正方形、深三四尺的沟槽,又用大石块填在沟内砌成石墙,随后便在"基脚"上修建房屋的主体部分。修建中,场面忙而不乱,人人各司其职,井井有条。负责砌墙的石匠不用图纸,不吊墨线,仅凭经验以目测量,用石块和泥浆,信手层层向上垒砌,双手够不着时,就用圆木搭起横梁,再铺上木板形成支架,人站到上面后又向上砌,层层如此。很快,四面整洁光滑,有棱有角,高数丈的屋墙就砌成了。

墙砌好后,人们又喊着号子,把直径约1米的"大梁"搭在两墙之间,并在搭好的"大梁"上挂红放炮,祭献完毕后,才开始"盖顶"。他们在大梁上横放数十根长木杆,又在上面铺满细小的树枝或箭竹,最后把黄泥浆覆盖到上面,并填满含有石灰质的鸡粪,再用锤夯实,磨成向一方略为倾斜的平面,房子就建完了。

"就地取材"建成的那些居所,面积较大,从现存遗迹看,占地二三百平方米,通高均为3层,两边还有圈舍、厕所等设施。麻风村村民入住前,房屋下层用来养牲畜,中层住人,上层贮存粮食等物资。房顶为一平台,用来晾晒庄稼或做休闲活动场地,靠山一面还修有半边楼,墙角建有小石塔,塔顶供着代表"天神"的白石头。

麻风村建立之初,数十人便住在这样的石屋中,空间极为有限,到了1964年依旧没有改观,随着人数的增多,石屋里变得更加拥挤了,故茂汶羌族自治县人民委员会卫生和民政科在1964年9月5日提交了《关于报送我县麻风村工作情况的资料》,其中说道:"68人的住房只有原羌民房屋2幢,改造为9间后,每间(开间1.4丈)要住7至8人。"这就导致了病情程度不同的病人没有条件分开,传染风险加大,又因女村民只能安置在楼下,

| 最后的村落 与 爱心呵护的悲欣人生

麻风村的木楼，人称"小五间"，至今依旧保存完好（梦非摄）

导致男女病人生活十分不便。

这种情况一直持续到1981年才结束，在长达22年的时间里，住房一直是制约麻风村发展和村民生活条件改善的主要因素，收藏在茂县档案馆的《麻风村1965年总结》中就有关于住房紧张，新入村者无地方可住的记录。在《麻风村1964年总结》里，特别提到的仍是住房紧张，说有新进村的10多名患者无地方居住，不少患者因居住条件差，甚至产生了悲观、失望的情绪。这一问题虽然得到了各级政府的高度重视，但因财力、物力所限，解决的过程十分缓慢。1974年的《刁花麻风村十三年的情况汇报》中便说，村里住房紧缺，有小房5间，共住35人，大房间甚至住了16人，病情程度不同的病人依旧无法分开居住，还说有一间库房也被分隔成了3个小间，下做圈舍，但房背塌洞漏水，大梁腐朽，已如危房。

对此，各级管理部门和麻风村管理人员都没有一味等待，总是积极想办法，如房子住不下时，就让重病者住在里面，动员其他人自己修建简易房，每间房补助工分。一些知情人回忆说，新建房屋很简陋，采用石头砌成方形格子，上盖木料、泥土，这些房子都不大，呈一溜排在黄土坎前，显得矮小、狭窄，一看就知道只够一人起居。今天，它们仍有一些遗迹留存于荒山野草里，每间都沉淀着故事，想起它们曾经充满烟火气的情景，再一看便觉其厚重得无法用语言形容。

同时，修建房屋的努力则从未中断，每年都作为一个问题被提交到县、州的卫生、民政部门，如在1962年3月7日，就有一份《刁花麻风村房屋新建和培修计划》。计划书说，因村中使用的主要是原住民的房子，他们有的又已搬回居住，村址新迁至上刁花后，房屋更为紧张，计划新建石屋4幢25间，修建按因陋就简、就地取材的原则，利用原有墙体，泥土盖顶，中间隔间，建成后由病人住12间，还建议在下刁花也修建一幢房屋解决原来的4户村民的居住问题。计划极为全面，连使用木料560余立方米、用工23571个（工分）、经费5381元等都预算了出来。

这个计划最终并未得到全部落实，但还是起到了一定作用，我在查阅档案资料时，便在《麻风村1965年总结》中，发现有"建房四间，以及诊断室一间、重病房一间、煮药房一间，洗澡室一间，内设轻重病人用澡盆各一"等文字，感觉从那时起，村中的居住条件已开始改善，只是变化缓慢，在悄然中进行而已。

在那些日子里，麻风村村民们虽然解决了"吃喝"问题，却还有"拉撒"问题亟待解决，到20世纪80年代终于建成正规厕所前，"无厕所"始终是被反复提及的问题。1963年11月3日由医生兼管理员蔡光弟提交的《麻风村现在生产生活情况》中即提到，村内只有小坑2个，乱拉乱排现象严重。后来的历年总结报告中也都有村中就厕难，随地大小便现象严重等内容，1964年还提出了给予修建厕所补助的请求。

又过了许多年，居住条件改善的曙光才终于在1979年出现在了村民们的眼前。州民政部门在6月12日发给茂县的《关于使用好你县麻风村基建投资款的函》中说，下达的2.3万元已划拨（茂）县计委，要求精打细算，完成麻风村扩建、续建任务。接着，麻风村住房及配套设施建设便有序展开，后来《刁花麻风村工作总结》中说，不久，随着这笔款项加上另外筹集的共5万元资金的投入，相继建成了病房10间、住房40间、行政用房20间、医疗室用房4小间，还有电影院1座、厕所3座。

这份总结中所说的新建房屋动工于1980年，竣工于1981年，一建成就使村民的居住条件得到了巨大改善。其中，新住房是2幢木楼，就建在原住房背后的台地上，面积1至2亩，房屋基址为一块被平整后的农田。修建时，由乡政府组织设计，村民参与劳动。他们从山上砍倒高大的松木，剥

2008年汶川地震后新建的麻风村用房（梦非摄）

皮后晾晒至水分蒸发待尽时，又拖回工地，将笔直、修长的木杆用来立柱和搭架。施工中，所用材料主要为木材和青瓦，木匠是施工队的"技术员"，负责穿梁、打孔、做瓦架，他们把由数十根柱子支撑的房架立起来，搭接上"人"字形瓦架，盖上青瓦，房屋主体就建成了。

随后，人们将木材改锯为木板，装隔在四周，内部则按计划隔出一间间宿舍，再装上花窗，大门及小门也全用木料做成，完工时，一幢全用山中树木搭建的木楼就矗立在了山坡上。它格外醒目，在当地属亘古未见之建筑，一时间竟成了"明星"，吸引着许多人羡慕的目光。

新建的木楼高2层，四周回廊环绕，两端各伸出一斜面屋顶，也是青瓦覆盖，原始古朴，根据房间数量，一幢楼称"长十间"，另一幢楼称"小五间"。小木楼每层有5间房，上下共10间，两楼合计共有40间房，对于当时村民人数已呈现下降趋势，1983年后就只保持在20人左右的情况来说，便完全满足了需要。同时，在木楼旁边，还修建了厕所等配套设施，今遗迹尤存，也是全木结构，青瓦盖顶，属旱厕，厕中粪便可作为农家肥。

文化设施则是一幢电影放映室，也是一座木瓦房，建在不远处一个小地名叫"水洞子"的地方，附带有十间房供医生、管理员使用。放映电影的大厅很宽大，可容纳全村数十人。据老村民文善思回忆，放映室建成后放过《地雷战》《地道战》和一些关于解放战争的电影。

当时，看电影是十分受欢迎的文娱活动，在当地开始于1975年，电影由三龙公社农村电影放映队放映，他们背着放映机走村串寨，轮回放映。在三龙，麻风村也在放映范围内。放映电影一般都在露天坝子里，无论春夏秋冬，大人小孩或坐在地上，或坐在自带的板凳上、石头上，即使风吹雨淋，也其乐融融。所以，那时的麻风村里能有电影放映室，在当地便是绝无仅有的事了，而坐在屋里看电影的人，在观看时是否有一种幸福感暴棚的感受呢？我想，应该是有的。

此后，木楼一用就是30来年。

再后来，相应基础设施得到了完善，水磨建成，机耕道通车，从1996年8月5日茂县民政局提交茂县水电局的《关于解决刁花村人畜饮水问题建议》来看，对村中饮水、污水处理等问题的处理早已开始实施，但却未能有效解决，导致村中及村外群众意见较大，故有了需水泥10袋、闸阀（15厘米）个、水龙头1个、口径15厘米的塑料管1000米，共计所需经费1279元的协商函。

2008年5月12日发生的汶川特大地震，在使茂县成为极重灾区时，也让麻风村受到了不同程度的损失，但因村民早迁居到了木楼里，房屋主体并未损坏，只是抖落了房顶上的部分青瓦，故无人伤亡。灾后，他们立即就得到了救助，衣物、食物等都有，灾后重建开始后，村民又被视为特殊群体，成为重点关注对象。于是，"茂县麻风病院"便首先被列入了卫生领域的重点建设项目。

重建用房工程开工于2009年4月8日，据《茂县抗震救灾志·恢复重建卷》记载，"茂县麻风病院项目"通过茂县发改委〔2009〕36号文件批准下达，资金由国家支持划拨。施工中，负责地质勘测的四川科建地基基础工程有限公司、进行房屋规划设计的乐山市民用建筑设计所、承担建设任务的四川惠昌建设有限公司，在主管部门的统一部署下，克服了麻风村山高路远、道路运输不畅、原材料紧缺且转运难度大、费用高等诸多困难，按"三年任务两年完成"的总体要求，在重庆华兴工程监理公司的监理下，抓进度、保质量，使项目在当年12月31日通过了竣工验收。

新建的楼房是全新钢筋混凝土结构的砖混建筑，面积为1400平方米，投资481万元。楼房属综合性用房，除了供村民居住，还有办公、医疗、活动等服务设施，大楼投入使用时，还配置了60台（件）设备，一下子就显得"高大上"起来。

楼房高三层半，位于木楼下边约300米的台地上，淡黄色的墙体在山间格外醒目，和山下的民居相比，更是显得鹤立鸡群。我想，在这高大、洁净的新楼房中生活过的那些人，也算是幸运者了，他们毕竟从未被忽略和忘记过，即使在大灾大难前，仍是被最先想到的特殊群体。

1980年之后，麻风村的住房逐渐出现了从人多房少到人少房多的反转，致使大量房屋开始空置，即使1983年因连日暴雨，用来关牲畜的原住民老房子墙体倒塌，压死山羊数只，也影响不大了。于是，村中房屋因长时间无人居住，损坏日趋严重，甚至发生了家具、床、桌子、凳子等被"顺手牵羊"的状况，连屋内的部分天花板也被拆了。这从1985年9月11日和1986年12月10日形成的收条、记录等资料中可以看出，在一个时期，麻风村似乎还发生过类似"拆东墙补西墙"的事，如档案资料中就有一张收条显示，有一次为了解决修厨房、消毒室、翻盖住宿等的杂工费用，就拆了医疗室，卖青瓦4000块，获得150元才支付了工钱。

期间，村中事宜依旧得到了社会的关注，人们像当初关注麻风村成立一样关注着它的状况，如政协茂县第六届三次全委会后，便根据会上的提案及委员发言，于1986年6月14日向县政府提出了解决住户将电影院用来关牛、养猪，土地被占用、部分房屋已垮塌等问题的建议。

随后，麻风村的一些多余房屋开始被拆除，茂县档案馆收藏的《麻风村要拆的三间旧木料统计》中便记录了拟外运的旧房料有102立方米。茂县民政局于1988年7月16日向县林业局发的请求给予方便的函中还说村中要撤除旧房屋，有木材需要外运出售，请求通过检查站时给予方便等。同时，县民政局也回复了当时的麻风村管理员马朝林"关于拆除麻风村多余房屋的请示"，表示同意将空房、职工房材料销售给灌县中心乡梅花村一个叫万强的人。

于是，如今村里的房屋除地震后重建的大楼，多成了遗址或废墟，仅存一幢"小五间"木楼。这些消失的房屋从无到有，又从有到无，见证着麻风村的变迁，让人思绪万千。如今，从前种种都已成过往，唯有清风白月在诉说着那些随风而逝的故事。

2022年3月，我前往麻风村寻访，见房屋基址虽存，却已是残垣断壁，最早的民房呈"品"字形残立于山野，好似在做着古老的梦。当所有的一切都成了过往，那些依然顽强地挺立着的残墙，每块石头和每团泥土，似乎仍留存着过去的记忆，曾经的喧哗仿佛还在那些缝隙中回响……

　　从最初的民房到木楼，再到高大的新居，每一次变化都是村民们生活环境改善的标志。楼房本身并不代表什么，但它见证过历史的进步，那些砖石瓦砾就如同凝固的音符，让时代的乐章回响于山野，吟唱着温情的往事，让人聆听或感悟……在我探访后的很长一段时间，那些房屋仍一次又一次在我脑海中浮现出来，幻化出昔日人进人出，充满喜怒哀乐的生活画面。

2022年6月15日

入住村民

麻风村建立后，入住村民人数并不固定，时增时减，经历了一个从少到多，又从多到少的变化过程。这让我们在今天仍能透过那些统计数字，感受到作为羌族核心聚居区的茂县，在开展麻风病防治工作中的艰辛历程和取得的成效，正如1959年5月21日由茂汶羌族自治县人民委员会提交的《关于建立麻风村工作情况的报告》中所说，有村民得到治疗后曾感动地说："旧社会得了麻风病，只有死路一条。"

初时，被动员入村的人分散在全县范围内的各个地方。他们都是已被确诊的麻风病患者，发病后因无条件医治，正面临着艰难的选择，或是独自出走找一个荒无人烟的地方自我隔离，或是筹借经费自行治疗，在自己与村人的恐惧中痛苦度日，无论怎么选，心中都满是无奈与绝望。

于是，麻风村建立后，作为已被茂汶县卫生、民政科掌握的人群，经过宣传引导，特别是知道了能得到"免费治疗"，还有"国家救济"后，麻风病患者们纷纷响应号召，自愿或半自愿地离开家乡，走进了刁花沟内的收治隔离点，故《茂汶羌族自治县志》有"1959年3月，在三龙乡刁花寨建麻风村，集中治疗47名麻风病人"之记载。从一开始，麻风村的患者入住率就比较高，即使以1955年在县域发现的72例患者计，也达到了65%以上。

从建村开始，进入麻风村的村民就几乎遍及茂县各乡镇，即使到了

| 最后的村落 与 爱心呵护的悲欣人生

20世纪80年代前村民居住过的房屋遗迹（梦非摄）

1974年，《茂汶县麻风病员花名册》里登记的村民仍遍及飞虹、光明、南新、凤仪、渭门、沟口、富顺、石大关、沙坝、三龙、东兴、松坪沟、宗渠、白溪、石鼓等地的村庄。其中，尤以发病率极高的光明、东兴、渭门、三龙等乡人数为最多，也有少数人来自县外，留守村民回忆说，他知道的人中便有一个来自汶川的患者，姓张，老家在耿达，治愈离开时好像才30来岁。

俗话说："铁打的营盘，流水的兵。"这句话用在麻风村也是一样。

麻风村自建立后，便存在至今，而村民却来来去去，如水一样流动着。期间，因政府加大了对麻风病的调查力度，感染病毒的人群不断被发现，故至20世纪60年代末，村民数量尽管在一些年份相对有所减少，但还是出现了逐渐增多的总趋势，如1964年为54人，1965年又增加了5人。

村民最多时是1968年，有70人之多。之后，随着政府对麻风病的普查、普防、普治，发病范围不断缩减，感染病例不断降低，村民人数开始呈现下降趋势，仅2年后便减少了2人。《茂县民政局志》在记载麻风村村民人数时提到，到1980年，（村民人数）和麻风村初建时收治的47人持平后，便一路递减，1990年为23人，1999年就只剩下19人了，2021年更是减少到只剩3人。当然，其中的少数年份也因特殊情况如普查中发现了新病例，或者治愈返乡者中，有极少数出现了复发症状等，人数相应有所增加。如20世纪后半叶，就出现了村民增多的情况，1983年全村只有15人，到1991年又增加了9人，达到24人。

几十年来，村民人数的增加主要是因为收治病患力度的加大，减少则有治愈出村、偷跑出村和死亡三大因素。这些情况均记载于各个年度的《刁花麻风村生产生活治疗总结》、《刁花麻风村情况汇报》、管理员的工作记录等文字资料中，如1963年新入村6人，1965年收治妇女患者1人，1961至1963年共入村11人，1981年新入村3人等。

一些人入村时，另一些人则在出村，除病愈者正常返家外，也有部分村民因思乡心切或者感到条件艰苦偷跑出去。如在1963年，县卫生科统计的偷跑者就有5人，由县卫生与民政科联合草拟的《关于报送我县麻风村工作情况的资料》也显示，到1964年9月5日，外逃人员已有10余人，到20世纪80年代，仍有"送走小孩1人"的记录，当然这是个案，送走的都是村里出生的孩子。还有人以探亲等借口回家，但出去后往往只有部分人按时返回，如1964年偷跑11人，就只返回了7人，而此前还有6人未归。此外，人数减少的原因还有死亡，一些患者因高龄、病重或患了其他严重疾病而没有等到出村那天，在1961年至1974年因病去世者便达到了18人。

村中人口年龄相差大，男多女少。在村中居住过的村民有老有少，其中40来岁的人占大多数，有些只有20岁左右，如1985年的《麻风村小结》便记载，村里的23人中，最小的村民是来自富顺的一个女子，只有22岁。随着村中的新生命陆续降世，古稀老人与幼儿共居就成了常事，1989年底，最长者已73岁，而最小的是一位女孩，才1岁，还有12岁、8岁等的儿童。到了1993年，《麻风村花名册》仍有患者年龄最大80岁、最小2岁的记录。

因为老幼共存，也因为病情轻重程度不同，部分人无法从事生产劳动的情况一直存在，几乎每年都有人被列入国家特殊救济名单，《刁花村工作能力情形》与历年工作总结等都有所提及，县卫生科的资料即显示，1963年时，病情至中、晚期者较多，有些还极为严重。1965年有因残疾而无生产能力的村民8人，1993年仍有2个王姓村民及另外2个人不能劳动，得靠救济。

男女村民"比例失调"的情况也一直是村里的普遍现象，如1963年有男村民40人，女村民却只有9人。过后，情况也一直未得到改变，到1965年男女人数甚至达到了59：10。他们中的大部分人都青春年少，天长日久，相互间也会生出爱慕之情，所以从20世纪60年代初开始，男女关系便被作为问题反映出来，1964年的一份档案记载的涉事男女就有9人之多。

至今，仍有许多人对村中发生过的风流韵事津津乐道。他们说，因为有人才能有村，一个村就是一个世界，有人在其中生活，自然就有"江湖"，而"江湖"又是五彩纷呈的，这里的每个故事都很精彩。在我采访中，这些故事被人们作为茶余饭后的谈资讲出来，我虽然知道其中有许多被加工过的内容，但依旧相信人们的大部分讲述都真实存在过，因为在那个特殊村落里，60多年的时光并不算短，男欢女爱和生儿育女都是人间烟火。

村中人来来去去，一些人治愈后怀揣着"出院证"离开，新的患者又走了进来。一些人因病或因年老去世而躺进了村旁的山野中，另一些人则呱呱坠地，降生到人间世，成了这里的新村民。据《茂县志》记载，类似情况几乎年年都在发生，1990年时，仍有15岁以下的村民7人，9年后，还有12岁以下者4人。后来，他们大多走出村庄或回到父母的家乡开始了新生活，也有人走向山外闯荡，还有人进了学校读书，甚至考上大学，如原东兴乡就有一个出生在麻风村的孩子，后来成了大学生。

此外，村中也曾存在一些不良现象，据《麻风村记录》等资料显示，因一度放松了政治思想教育，部分病人感到悲观、焦虑，对治疗也缺乏信心，觉得前途渺茫，加上入村后出去得少，看到有人因病死亡，精神上倍感压力，感到孤单、无助，甚至想放弃人生。种种心理问题导致吵架、斗殴、偷盗等不良现象时有发生。

但总的来看，绝大部分村民都在努力让生活变得更好，特别是拖家带口的村民。1966年的《关于对当前刁花麻风村存在问题和搬迁等问题的联合调查报告》中就提到，有一刘姓村民，一家四口住在村中，为了过得更好，他一边辛苦耕作自留地，一边上山挖药、栽植当归、打猎。一些单身者还抱团取暖，一起找副业，在自留地上栽兰花烟、种麻、种菜等，也有二三人合伙养一头猪的。这些，在当时都被视为存在的问题，是"自私自利"的表现，但现在回头审视，却能看到他们为实现某些愿望、改变一点什么进行的探索和努力。

在村民中，也有极个别人是独特的，如一个黄姓男子，以前曾当过乡长，至今仍有人认为他当时是装病进村的，说他因在"文化大革命"中被批斗，感到十分害怕，就用石灰和盐巴兑上水，日日涂抹眉毛，待其脱落后，便说自己已患麻风病，主动去了理县麻风医院。两年后，他又到刁花麻风村做了村长，故有县委组织部1977年4月14日关于"黄××调三龙乡麻风村工作"的记录。

到了后期，留守村民的年龄越来越大，《茂县志》记载，1989年时，生活于村内的21人中，60至69岁的就占了9人，接近50%；而至1999年，仍有年过花甲者7人；到2021年，依旧居住在村内的3人中，一人70岁，一人77岁，还有一人的年龄更是高达85岁。这三位老人享受"五保户"待遇，每月能获得750元补助和其他救济。

至于麻风村自建立至今到底住过多少人，已很难精确统计，但数量一定不少。据资料显示，麻风村自建立至1987年就已收治了患者124人。

2022年3月28日，我前往刁花沟采访，首先望见的是一幢高大的楼房孤立在山坡上，唯一留守的人正坐在房前的坝子上沉思。他姓冯，已70多岁，交谈中，他表达出"终老"于村中的愿望，让我找不到适宜的宽慰语言。我沉默良久，也不知该说点什么，便和他一起放眼四望，看见春天正溢满山原，无数人的喜怒哀乐都仿佛飘散在清风里。我虽然已了解了村落的前世今生，但面对村民们留下的旧木楼、房屋基址上的残垣断壁、墙边的杂草和花朵，仍有物是人非的感觉滋生于心，一时间不禁百感交集。

2022年6月7日

管理探索

麻风村是一个特殊村落，采取的是极为特殊的管理模式。自建立开始，即按茂汶羌族自治县人民委员会于1959年5月13日下发的《关于加强对刁花、苏武寨麻风村的领导及有关问题通知》的精神，作为一个行政村，隶属三龙乡人民委员会，治疗和业务则由卫生、民政部门指导，生产被纳入当地统一规划、安排。村中选出了村长和队长，还建立了规章制度。

后来，随着患者数量变化和病情轻重程度不等等情况，麻风村的管理方式也处于不断变化之中，并通过不断探索、实践、再探索、再实践，做到了"与时俱进"。于是，根据麻风村既是一群麻风病患者的聚集地，又是一级基层行政组织的情况，形成了民政、卫生和当地区乡共同负责的多重管理格局，加上相关的粮食、供销、财政、计委等部门，大家各司其职，共同履职，协调推进。同时，参照村民自治办法，让"自我管理模式"也贯穿始终。

总的来看，以配备管理员的时间为标志，管理模式大致可分为两个时期。

前者属于自治阶段，时间跨度长达11年。期间，村民以"自我管理"为原则，1963年11月3日由医生蔡光弟提交的《麻风村现在生产生活情况》显示，村中共有村长、队长各1人，组长2人，调解委员与粮食保管员各1人，事务伙食委员3人，治安组6人，另外还有妇女委员、卫生员等。他们的称谓还随着形势的变化而变化，如主要负责人便有村长、队长、村主任等叫法，村（队）委会组成人员负责管理农业生产、协助主管部门落实相关政策、协调村内关系、调解矛盾纠纷等，事无大小都得过问。村里任过村主任的有刘安成等人。

开始时，社队干部认真负责，坚持生产和治疗相结合，如在1959年5月21日由茂汶县人委上报的《关于建立麻风村工作情况的报告》中提到，村民们走"三抓"之路，思想教育、生产生活、检查治疗并举，大家积极劳动，连手脚残疾的人也每天清晨就走进玉米地赶野鸡，在村民们的共同努力下，收获玉米、麦子等粮食4.5万公斤（含苏武村），基本实现了自给。

但过了几年，村中无专职管理员的弊端就显现了出来，村中一些干部或多或少带着点私心，又因与村民相处久了抹不下脸，以致管理松懈，村医虽然同时承担了管理员的责任，但并无实权，难以治众。所以，自1963年起，便每年都有"派驻管理员"的请求被提出来。1964年的《关于报送我县麻风村工作情况的资料》中说，尽管实行了社、队、组"三级"管理，村干部配置齐备，但因行事不力，以致管理薄弱，出现打架、偷盗等不良现象，隔离预防措施也未能得到全部落实，病人间、病人与健康人间男女关系混乱，无集体经济，村民集体意识淡漠，私自与村外人交往、外出找副业、随意出村，甚至偷跑回家等问题层出不穷。

对此，茂汶县政府于1966年4月初派出专门工作组，会同沙坝区、三龙乡工作组进驻村中展开调研工作，据当月29日形成的《关于对当前刁花麻风村存在问题和搬迁等问题的联合调查报告》记载，工作组针对问题制定的整顿措施内容极为全面，其中一条是每周组织学习《毛泽东选集》一次，特别是要深入《反对自由主义》《为人民服务》等篇章，让村民消除顾虑，树立以村为家的思想等。

于是，学习与反思活动在村中开展起来，人们认真检讨自己以前的错误，消除误会，虚报救济等事也被揭露了出来，使伸手多要国家救济的现象有了好转。有村民表示，要自觉向"自给"目标奋斗，甚至交出了自留地、培育的当归苗。随后，他们开始积极劳动，争先下地，出工者每天达到了37人，偷跑回家的人也少了，有个刘姓村民还为集体养了不少猪。

同时，麻风村把建章立制作为主要抓手，坚持走"用制度管人"之路，早在1966年3月15日即制定了《麻风村管理制度》。制度共10条，规定村民坚决听从党的领导，遵守政策法令，必须学习《毛泽东选集》，配合医生治疗；遵守社会主义道德，讲卫生；发扬艰苦奋斗、自力更生精神；遵守村规，不随意外出；提高警惕，要防火，也要防阶级敌人的破坏；生产产品只能在村内使用；病未治愈不准结婚等。制度订立后，对村中日常事务的管理，如财产管理、患者进出、治疗程序等都实现了有章可循，加上后来还做到了因时而异，不断调整完善，保持了该制度的灵活性。

随后，配备管理员的事被提上了日程，1968年初，茂汶羌族自治县革命委员会生产指挥部秘书组在《关于刁花麻风村配备行政管理人员报告》中，就阐述了麻风村因长期无行政管理员造成政治工作薄弱，村民觉悟低，资本主义活动抬头，找的副业不上交，用药材、农副产品赶自由市场，有人回村后长期不归，生产减产，口粮靠国家"返销"等问题，同时还推荐了管理员人选——28岁的石鼓乡人，姓赵。他曾于1958年参军，后因患了麻风病在理县麻风医院治疗，病愈后回了家，他本人也有意愿到麻风村工作，是做管理员的合适人选。

但可惜的是，那人最终没有得到组织认可，因为在1970年10月10日由茂汶县革委会开给沙坝区革委会的介绍信上显示，最终去刁花麻风村做管理员的是社会福利院的周长明、余保秀。

由此，麻风村进入了由专职管理团队进行管理的时期。

期间，麻风村的业务主管单位仍是当时的茂汶县民政部门，他们从那时开始，就注重对高素质管理队伍的建设。据《茂县民政局志》记载，麻风村很快就配备了行政管理、工勤人员3人，随后则根据实际情况不断调整。完成于1974年4月的《刁花麻风村十三年的情况汇报》中提到，麻风村1973年有行政干部2人、医生1人，村中还有村长、副村长、生产队长、副队长各1人，作业组长2人，到1980年时，仍有管理员3人，他们是黄天亮、王得录和王淑茹，专门负责组织患者进出村、协调各方关系、贯彻落实国家政策等工作，一直到1985年，人数、职责等都基本未变。

派驻管理员后，虽然各个时期人员有所不同，但他们都把为那些特殊人群服务视为一件神圣的事情。同时，除了纳入编制的专职人员外，当时的沙坝区、三龙乡的干部们，本着属地管理原则，在配合、联系、发放物资、组织生产等方面也做了大量管理工作，使许多问题基本得到解决。如《茂县志》载，为解决村中72亩土地的权属与使用问题，1999年6月2日出台过《关于麻风村土地管理的决定》，内容共3条，一是明确了村中土地属国家所有，村民无权转让；二是确立了村民死亡、外迁、出走后，无人耕种之地由村里收回，根据全县统一规划，实行"退耕还林"等；三是明确了村民若违反该决定，将停止发放救济钱款、粮食、衣物等的原则。

麻风村的管理还经历了一个细化的过程。1986年，村里仍配备有管理、工勤人员和专职医生，沿袭着民政局管救济、卫生局管治疗、粮食局管粮油供应、公安局管治安、三龙乡负责行政事务的分工，于是，在齐抓共管局面形成后，诸多疑难问题就得到了圆满解决。《三龙乡志》记载，1991年1月，因村中对耕牛、闲牛的管理出现问题，致使庄稼受损，甚至丢失或被盗后，县公安局派出余伯安，民政局派出何文德赴现场处置。两人赶到，与纳呼村马朝林、村民白浩贵等共同协作，调查研究，最后做出了将5头闲牛按1390元卖给本村人，4头耕牛安排给2位孤寡老人饲养的决定，使这一久拖不决的问题得到了妥善处理。

当然，在麻风村的管理史上，也有过无须刻意回避的问题，因为在后期，随着村民减少，村情变化，村子固有的特殊地位也开始被时光逐渐淡化时，不是每个管理员都能守住自己的责任心和敬业精神。如1981年的

《刁花麻风村工作总结》就反映出个别管理员因不住在村内，长期不在岗，导致管理松懈等问题，这引起了政协茂县委员会的关注，在1986年6月14日召开的"第六届三次全委会上，根据委员的提案，指出管理麻风村的民政、卫生、计划委员会、农业局4家单位存在"龙多不治水"现象，"四管"变成了"四不管"，全县22个乡中的20个乡均有过患者，但一些人不愿进村，或者进村又无人接收，而治愈后返回原村的人则不让入户，对于这种问题，建议政府妥善解决。

治好患者的病永远是麻风村工作的重中之重，为保证每个村民都能得到有效治疗，村里建立了医疗档案，在长期治疗中完善了有关外出、返乡等的严格规定，村外防治、村内治病都安排有专职医生负责。从1978年起，又对包括治愈出村者在内的人群建立了卡片登记、住村病例，规定患者必须经过鉴定，确认治愈后，方可持"出院证"返乡，如私自外出，则立即寻回。期间，有一人跑到上海后，仍被找到并送回了村里。

麻风村的医务管理模式也经历了一个变化过程。初时，治疗由三龙乡医疗小组负责，医疗小组人数不等，或三五人，或十来人，为患者定期检查治疗。后来，针对麻风病治疗专业性强、村民增多等情况，从1961年开始，村里便配备了专职医师，有时为1人，有时为2人。蔡光弟和苏绍先等人便当过村里的专职医师。建村初期医师有2人，到1985年后，仍配备医师1名、皮肤病医士1名。

医师在履行职责时，严格按操作规程开展工作，也吸收采纳新的治疗技术，确保治疗有效、及时，至1988年，绝大部分村民的病情都得到了根本性的好转。随后，专职医师被撤销，由茂县卫生防疫站按需要指派医生，主要任务是前往发放药品。同时，在疫病调查方面，麻风村也建立了相关制度。

1983年后，村中也实行了分户经营，村干部便不再负责管理生产劳动，只负责一般性事务了。

值得一叙的是，自有村始，地方党委政府便承担着诸多任务，如当时的沙坝区、三龙乡，都一直很好地履行着属地管理职责，每一届都有分管领导，区、乡负责民政事务的干部也有相应工作。他们协调各种关系，经常处理麻风村与当地村民、寨子的纠纷，同时配合开展病情普查、治疗，发放物资，解决村里出现的困难和问题。

1988年6月至今，因村中40余人都已病愈，村里人越来越少，留守者大多能自己种地、养畜，专职管理员便被取消了。不再配备管理员后，麻风村的一应事务便都交由当地政府管理，纳呼村干部马朝林、余金龙就先后兼任过"代管员"。在此期间，乡村协作，根据上级安排，基础设施建设、患者生活起居改善、矛盾化解、扶危济困等任务，均被很好地完成，村中日常生活也处于正常状态。

总之，麻风村的管理历经的是一个多元化的过程，在行进中变革，于变革中完善。当我们在今天回望时，发现在这段漫长的管理过程中，除了刚性的制度、规定外，还充满了人性的关怀，一群人坚持以"患者"为本，使这段历程充满了温馨的往事，它们印证的，正是那句"之所以岁月静好，是有人在替你负重前行"的话。

2022年5月25日

农畜生产

麻风村自建立始,即以一个行政村落的组织形式存在,入住患者既是病员,也是社员,《三龙乡志》说,他们一面接受治疗,一面参加集体劳动。期间,村民们发扬自力更生精神,种粮种菜、养畜放牧、找副业创收,用生产自给与国家救济相结合的模式,确保了自己在吃、穿、用等方面的各项开支,以及村务工作的正常运转。

生产的主要任务是发展农业和养殖业,也兼营副业,凡年轻力壮者无论男女都要参加劳动,老、弱、病、残、幼则会得到相应照顾,不足部分由国家按需求划拨。

耕作需要的土地来自建村时由三龙乡纳呼村刁花寨划出的山田。当时,还属于大集体时代,只要行政命令一下,所有事都能办成。在刁花寨原住民迁走后,他们耕种的农田即按"一平二调"政策,划归麻风村所有。开始时,土地面积较大,《茂汶羌族自治县志》记载说,1959年建村后,有土地163.65亩,而入住村民才47人,人均有好几亩地。

期间,土地面积也随着各个时期政策等因素的不同而处于变化中,如1962年,根据当地生产发展的需要,三龙乡就把其中的89亩地划出交还给了卡芋生产队使用。随后,村民增多,自给自足变得难以实现时,开荒造田便成了新的劳动任务,村里统一安排,逐年扩大耕地面积,让以前生长灌木、蒿草的山野荒坡变成了良田。麻风村于1963年12月29日提交的

《刁花麻风村生产生活治疗总结》中就有"投工900个、开垦火地10亩"的文字。

所以,《茂县民政局志》也记载,到1965年时,麻风村中的农业用地又增加到了109亩。随后,更多土地被开垦出来,《关于对当前刁花麻风村存在问题和搬迁等问题的联合调查报告》中说,耕地面积最大时是在1966年,达到过114亩。再后来,村民因病故或治愈相继离开,全县麻风病得到了有效控制,使麻风村的人员不断减少,土地或荒芜,或被邻近村寨蚕食,《刁花麻风村十三年的情况汇报》中说,1974年土地为106亩,而到

位于高半山上的麻风村坡地(梦非摄)

1999年时，只剩下72亩了。

除了集体用地，在1966年前，村民还拥有一定面积的自留地，如茂汶羌族自治县人民委员会卫生民政科《关于报送我县麻风村工作情况的资料》便显示，1964年时，村中有自留地35亩。

于是，或多或少的村民便在时多时少的土地上耕耘收获，种植玉米、小麦、青稞、荞子、土豆、杂豆、白菜、萝卜、黄豆等。至1983年实行分户经营前，生产一直在三龙乡人民委员会（公社、乡）、高级社（队）的统筹安排下进行，具体事务则由按自治方式产生的村长、队长、作业组长、保管员、治安组长、卫生员、妇女委员等组成的村领导班子负责。班子人数不定，最多时有村（队）长1人、小队长2人、组长3人。

生产中使用的劳动工具主要来自两个方面，一方面，大部分村民入村前，已首先在思想上和行动上做好了自食其力的准备，他们从家里带去了锄头、弯刀、背篼等小型农具。另一方面，较大型农具由县上统一调配，国家也对麻风村发展生产所需经费进行补贴，《茂县民政局志》便说，村初建时，县政府一次就划拨了79.37元的农具购买款。

同时，由政府资助的生产资料还有种子、肥料、农药、畜种等，农业、畜牧、供销等部门均承担着相应的任务。如茂县、沙坝区、三龙乡三级供销社在很长一段时间里，都履行过不同职责，供销人员定期进村摆设摊点、送货上门。

由于麻风村村民均来自县域各地的农村，进村前就在当地参加集体劳动，对于农业生产全是行家里手。因此，在农业生产方面，麻风村收获的粮食有时也十分丰厚，如在土地面积较大时的1959年，《刁花麻风村有关情况的报告》显示，粮食收入25252.5公斤、土豆1.5万公斤，青稞、杂豆、胡豆、荞麦1910公斤，当年村民人均便有210公斤口粮。

但在1963年后，生产情况出现变化，农作物产量极不稳定。医生蔡光弟写的记录中就说，当年收粮10973公斤，村中缺粮数量增大，后来虽采取了积肥14万余公斤等措施,但1964年的口粮仍只有5370余公斤。从此,村中生产的粮食再未超过2万公斤,如1964年除去土豆后,只收获粮食14172.5公斤;1966年收获13193.5公斤;1977年为18000公斤。因村中人口不断变化,基本口粮一直保持在相对平稳的水平,《茂县志》记载,1989年收获的玉米、土豆虽然只有13500公斤,但村中已只有21人了。

麻风村自产的粮食在村中进行分配,因这里的村民作为一个特殊的群体,无须交纳公粮,所以分给每个人的数量显得比较可观。分配有时以"月供"的方式进行,按劳动力、成年人、未成年人等划分,如1966年9月中旬开始供应的口粮,每月的分配数量显示,有50人为22.5公斤,5人为20公斤,10人只分到15.5公斤。其中,史料所记人均分配最多的一年是1990年,《茂县志》说,当年粮食丰收,产主粮9200公斤、土豆3.5万公斤、杂豆200公斤,23人人均分得主粮400公斤。这在全县也算最多了,特别是在农村实行联产承包责任制前,在许多地方粮食紧张的情况下,麻风村村民也能吃饱肚子。

而畜牧生产也和农业生产一样,一直到20世纪末都是村中主要产业。人们喂养猪、牛、羊、马,也养鸡、养狗,放牧人由村干部安排,因活路相对轻松,多为体力较弱、年老或年幼者。他们放牧于村边荒野,清晨赶牛羊上山,傍晚吆喝着它们归圈。

所养畜类除耕牛、马匹用作生产工具外,多用于自食,有时多余的部分也会用来出售。其中,猪是必养的,但每年所养数量不等,《刁花麻风村有关情况的报告》显示,1959年村里喂养的生猪为11头。过后,所养生猪时多时少,《刁花麻风村生产生活治疗总结》等档案资料显示,1963年为22头（另有鸡8只）,1965年有18头,1974年养了18头却病死了11头,到1988年时,仍有生猪29头。猪被宰杀后,肉多由村民分食,在普遍肉缺油寡的日子里,麻风村中散发的肉香和村民碗里的"油水",曾让周边人羡慕不已,村中的一份报告即说,村民们生活得较好,每周都有肉吃,还有白馒头。

牛、马等牲畜则或多或少，多用来积肥、犁地、载物；羊会被食用，数量较多，村后的大山里时常牛羊成群。1974年4月撰写的《刁花麻风村十三年的情况汇报》中便说，村里有耕牛4头、山羊82只。《茂县民政局志》记载，1977年，全村有各类牲畜243头（只）。到分产到户近10年后的1991年，村中曾发生过牛被盗事件，经协调处理的耕牛、肉牛就有9头。

在当时统一核算的集体经济背景下，为社队创收被称为"找副业"，麻风村的方法是走"靠山吃山"之路。村中每年都要安排部分劳力负责"找钱"，他们依靠大山，或采药，或伐木、烧炭，或打猎，或做木板，或做其他事，反正能挣钱就行，当然，畜牧业也会带来一定收入。这在《刁花村工作能力情形》中有较多记载，如村里1959年副业收入170余元；1963年收入600元，核桃250斤、花椒3斤；1965年收入510元等。当然，砍伐木料是主要门路，仅1978年村里便出售木材782.55立方米，收入10634元。

一直到1983年前的几十年间，除1966年后的部分年份，麻风村的集体经济皆有数量不等的收入。这些收入会被统一分配，分多少一般以挣得的"工分"数量计算，所有人都有一点，如1964年村里收入500余元，每个人分得3到4元，这在当时可是一笔"巨款"了。

当然，被派出去找副业的人也有将部分收入私自归己的情况，《关于报送我县麻风村工作情况的资料》即有过反映，说有一年部分村民挣到400余元，上交到村里的却只有100元。有些资料还说，有刘姓、兰姓等村民一次带"副业队"猎获野牛3头，卖肉赚得100余元，村里只收到4元，另外，也有私自找副业挣到钱不上交的现象。麻风村毕竟不是世外桃源，从建村开始就置身于社会的大背景中，所以，针对存在的问题，1966年初组成的县、区、乡"联合工作组"进驻村中，在经过个别访谈，召开干部、村民大会9次后，形成《关于对当前刁花麻风村存在问题和搬迁等问题的联合调查报告》，其中说，村中存在走资本主义道路情况，部分人自私自利，劳动不出力，私种自留地，热衷于找副业，加上缺耕牛、肥料、雨旱交替，搬迁事宜未定，人心不稳，村民有悲观情绪等问题，导致1965年只收入玉米、青稞、豆子、麦子、荞麦等7300余公斤，虽有蔬菜、土豆37000多公斤作为补充，还是有巨大缺口，需救济口粮7500公斤。第二年，粮食产量再次下降，村中63人，只收粮7000多公斤，创下了历史新低，导致缺粮时间长达6个月。

对此，该调查报告中建议，严惩走资本主义道路行为，对村民加强思想政治教育，组织村民每周学《毛泽东选集》3次、每次2小时，收回多余自留地，禁止找副业等，还为来年制订了合理安排劳力，生产粮食15400公斤、蔬菜2万公斤，积肥15万余公斤的生产计划。同时，也提出对缺粮给予补助，以保证村民人均15公斤/月的口粮，救助母牛1头、母羊15只，锛头5把、锄头25只，对20人左右的困难户进行救助。

如此，以收获的粮食、饲养的畜禽、开创的副业为支撑，村民基本实现了生产自给与国家救济相统一的目标，既减轻了国家的负担，也让众多患者像健康人一样生活。1983年，麻风村和全县其他乡村一样实行分田到户，集体生产劳动随之结束，但村里的生产仍在继续，只是转变了方式，分得土地的村民或自己耕种，或交由当地人代种。我去时，田野上依旧果树遍布，郁郁葱葱，充满了生机和活力。

2022年5月31日

康复治疗

自麻风村建立开始，县域内数以百计的麻风病人便结束了过去患病后，因得不到有效治疗或造成终身残疾，或被赶入深山，家败人亡，甚至被火烧、活埋等的命运。他们在地方政府对国家针对"麻风病防治"制定的"边调查、边隔离、边治疗"政策的贯彻落实中，一批又一批走进麻风村，接受免费治疗。

集中医治从患者入村时开始，到其病愈后出村结束，往往要经历很长的时间，数年或十数年不等，由专门派驻村中的团队或医生负责。开始时，医疗任务由为此组建的三龙乡医疗小组承担，他们每隔十天或者半个月进村一次，为村民做检查、治疗，并对其身体状况进行评估。

那时，进村的小路曲曲弯弯，如羊肠一般延伸交错在荒山野林与陡坡崖壁上。在历时两年多的时间里，三龙乡医疗小组的一行人背着药箱在进村小路上来来往往，无论刮风下雨，还是烈日当空、冰封山原，都从未中断，他们以一种无私的奉献精神，履行着自己的职责，书写着对麻风病人的关怀。据茂汶羌族自治县人民委员会卫生、民政科在1964年9月5日整理的《关于报送我县麻风村工作情况的资料》记载，医务人员中，有一位医生姓谢，住在三龙乡卫生院，每隔几天就走十多里路上山展开治疗工作。当时村里还设有药柜，但药物很少，只放了龙胆紫、酵母等。

1961年后，治疗转为由专门为麻风村配置的专职医师负责，至1988年

6月，先后有2人长期扎根村内，除治病外，还承担了事务管理等工作。其中，蔡光弟医生一住就是16年，他携妻带子，一家人均生活在患者中间。他为村民们治疗、讲解防疫卫生知识，用一种难以想象的博爱和认真负责的精神，与患者同呼吸共命运。在他的精心治疗下，大量患者得以病愈，踏上了回家之路。1977年后，因蔡医生退休，卫生部门派出皮肤病医生苏绍先前往接替，他和蔡医生一样，在长达11年的时间里，尽心尽力，以平常心做着不平凡的事，谱写了一曲奉献之歌。

医生对麻风村患者的治疗方式主要以药物为主，口服、注射结合进行，同时还采取了通过普及麻风病知识进行预防等措施。医生对患者使用的药物主要有氨苯砜、利福平、氯法齐明等，每种都属当时新研发并被广泛使用的药，效果良好。

同时，主治医生等相关工作人员经过努力，还探索出一条中西医结合

麻风病患者爬过的木梯如今仍留存在村里（梦非摄）

治疗之路。具体采用哪种治疗方式，则由患者自己选择。中医治疗效果初显后，有不少人主动要求进行中医治疗。蔡光弟于1963年7月写的记录中说，1961年后，针对一些人不愿吃西药的现象，他采取为这些患者配制药粉洗伤口、配制中药粉让他们服用等疗法，既经济，效果又好。期间，有近半数人选择服用中药，如1961年为17人，1963年为19人，1965年为15人。

患者所服中药由医生自行研发配制，主要有"红七散""白花蛇散"两个品种，它们均由中药材石斛、红娘子、白芷、防风等制成，有的就采自村后的大山。

1974年4月的一份《刁花麻风村十三年的情况汇报》中说，通过中西医结合治疗半年后，一些患者面部皮质开始增生，血素减少，面目浮肿情况好转，白斑、红斑消失，结疖转变，硬度变软，四肢肿块也发生了变化，同时，麻木区域减少，少数人大小盆际恢复正常，不良反应很少。

我想记述的还有当时的医疗条件，虽然麻风村的治疗费用基本由国家负担，但村中的医疗设施、设备等却长时间无法满足治疗需要。在历年的《刁花麻风村生产生活治疗总结》中，便有很多次提到了医疗条件问题，如1965年的治疗总结中说有22名患者溃疡严重，不能劳动，却缺药和医用纱布。至20世纪70年代末，村里仍没有专门的诊疗室。

对此，专职医生积极创造条件，因陋就简，创造性地开展治疗工作。他们殚精竭虑，满怀信心，无私奉献着，加上村外众多人的关心关爱、社会各界的持续努力，对麻风村患者的治疗取得了显著效果。1963年6月7日的《刁花麻风村成立几年以来的总结情况》中说，1960年即有被治愈者10人，过了2年又有2人的症状全部消失。

随后，依照1963年由阿坝州卫生处通过（63）卫医字第066号文件下发的《麻风村出院、出村标准（试行）》，一批又一批人陆续出院，历年的《麻风村医务室总结》中均有记录，如1980年可出村者有11人；1982年新入村1人，7人病愈出村；而在1980年时，村中已无重症患者，还存有2000

元的麻风病药、1000元的普通药。《茂汶羌族自治县志》中也记载了，至1987年，集中在村里治疗的124名患者，临床治愈率已达到73.6%。

再后来，更多村民陆续病愈出院，村外发病率也得到降低，留住村民在1988年已不足50人，而且绝大部分人的病情已基本好转。于是，政府不再派驻专职医生，治疗工作由茂县卫生防疫站负责，其不定期派出医生前往麻风村为患者检查，并根据病情采取防治措施，发放药品。

但即使这样，治疗工作仍未停止，并且得到了社会各界一如既往的关心，如在1986年6月召开的政协茂县第六届三次全委会上，有委员就取消麻风村专职医生后，因发药次数减少，致使患者的治疗受到影响等问题，向政府提出了专门的提案。这样，就促使对留守村民、病愈后返乡或分散居住的患者的回访和治疗一直继续，如1989年，相关部门就对维城、东兴、光明、富顺、渭门5个乡的24例麻风病人进行了联合化疗。而类似的治疗每年都在开展，力度则根据情况而定，有时还会对患者进行相关检查，并让其坚持服药，如1987年便查治了患者20例。

长期的坚守让相关医生对麻风病患者的治疗取得了良好效果，《茂县卫生局志》即记载，仅1990年就治愈了9人，而通过追踪调查、细菌检验、临床检查后，已治愈的患者无一人复发，治愈率达到100%，到了2002年更是没有新发病例了。后来，虽然在2004年又新发现患者1例，但发病率已控制在了0.92/10万以内。

如今，茂县的麻风病防治在取得了历史性成就后，相关工作仍在持续。茂县根据阿坝州于2011年制定的《麻风防治规划和实施方案》，结合本县实际情况，再度确立了自己的防治规划，对留守在麻风村的3个村民，也做出了使其享受"五保户"待遇，或将其送入养老院生活等妥善安排。

2022年6月1日

流调筛查

麻风病防治是一项系统性工程，自20世纪50年代起至21世纪初，茂县以麻风村为集中收治点，在对患者进行专门治疗的同时，也在全县范围内开展了麻风病筛查工作，通过普及病情、预防措施、医疗手段等方面的知识，让人们从"谈麻风色变"的恐惧中解脱了出来。

筛查的目的之一主要是确定谁需要进入麻风村接受集中治疗，因为只有通过对麻风病情进行流调，才能在掌握第一手准确资料后，制定科学合理的防治方案。所以，对病情的普查工作贯穿了整个治疗过程。

在"三县合一"时期，调查范围遍及汶川、理县、茂县，三县重新分设后，范围则为茂县境内的所有乡村。具体工作由茂县卫生局组织的专业调查队负责。他们带着设备进村入户，在极其简陋的条件下，不畏艰辛，认真对麻风村村民、已治愈出村者、其他村寨中已发病的村民和存在风险的村民进行科学筛查，并填写卡片，建立病员档案、病例，在1950年到1985年间，就排查出发病者133例。

流调工作具体而繁杂，几乎每隔一两年或几年就要进行一次，被调查对象众多，而调查人员极少。当时，去几乎所有村寨都需要步行前往，得翻山越岭才能到达，有时去一个地方，一往一返就要耗去两天时间。对此，调查队不顾疲劳，持续作战，使每一次调查都能达到预期效果，并做到了准确、及时、全覆盖。如1978年便排查出了56例疑似病人，接着，又进行了涂片及病理切片检查，最终确诊出6例患者后，又把他们送入麻风村进行集中治疗。

我在查阅相关档案资料时，从一行行文字中看到调查队工作人员的认真负责与任劳任怨，令我为之感动并心怀敬意。据《茂汶羌族自治县志》载，全县针对麻风病开展的调查，作用巨大，效果极好，仅在1983年对麻风病患者家属进行的临床和细菌学检查中，便调查了359人，查出患者4例。

1985年调查队又展开了全县调查，除对81名患者建立健全了病历及观察记录人头档案外，还发现新病例3件、复发病例1件。进入20世纪90年代后，随着治疗工作的加强，全县麻风病情已基本得到控制，调查内容便转为对治愈者的追踪和对现症病人的药物监测。

我在对相关史料进行整理时，发现即便是一些随手记录的资料，也足以证明当时所做的一切的意义是多么深远。调查队在1991年追踪调查了28人，通过药物治疗现症患者26人后，第二年又在光明乡、富顺乡普查了253人，治疗现症病人24人；1995年则在对过往病例进行的清查中，将26人重新确定为管理对象，让新发生的1例病人得到了联合化疗，即使在进入21世纪的前一年，仍有24人得到过细菌学与临床检查、康复管理。

长期以来，人们因为对"麻风病"并不了解，对其实质、传染、防范及病理等知识更是一无所知，在造成不必要的恐慌时，也使病毒不断传播。这让数千年来的人们对麻风病的防治一直走在探索之路上，仿佛永无止境。对此，在坚持"普查""普治"并举的同时，茂县还把对该病的宣传作为综合防治的重要举措。宣传范围覆盖了县域全境，自开展防治时起至21世纪的今天都是这样。卫生、宣传、防疫等部门在宣传中立足于当时的条件，让专职医生同时也做宣传员，调查队同时也是宣传队。工作人员在宣传中以讲解、谈心谈话、交流思想、阐述病情等诸多方式，将麻风病的病因、病理、预防措施等知识对全县民众进行了长年累月的宣讲。

同时，工作人员还在麻风村内不定期开办宣传专栏，到各乡、各村张贴宣传标语，将防治工作成效与经验通过简报的方式传递，据《茂县志》记载，仅1989到1992年的几年间，就开办了8期专栏，其中一年还发了3期简报，张贴宣传标语200幅。后来，随着电视、录像的普及，网络、通信的发展，宣传工作的方式、方法也与时俱进，宣传范围也更加广泛，如1992年全县就组织5000人次观看了"麻风病防治知识"录像，在人们刚跨入21世纪的第一个月，又开展了以"消灭麻风病，新世纪使命"为主题的宣传教育活动。

当前，麻风病和感染麻风的人已几乎绝迹，在许多年轻人已不知其为何物的情况下，防治麻风病的历史依旧在被许多人提及、回顾，不同形式的宣传仍在继续。我想，作为一份地方传染病防治的成绩，对其进行宣传本身就是一件正能量的事情，如能在回望中总结相关经验，使其能更好地为现在及未来的传染病防治工作提供参考和借鉴，定将意义深远。毕竟，麻风作为一种病毒，目前还未被清零。

2022年6月1日

迁建插曲

在麻风村的历史进程中，村子曾在20世纪60年代中叶有过一次迁建计划，当时所有事务都已被提上日程，但又最终没有实施。于是，那次搬迁动议就成了村落发展史中的一段小小的插曲。

搬迁计划来自一份建议书。

这份建议书至今仍收藏在茂县档案馆中，提出人不止一个，有村中医务人员，也有所在地的区、乡、村干部等。因为麻风村在当时一直是大家关注的焦点，有许多人对它的生存、发展和前途充满忧思，始终关心着它的现状与变化，从不隐瞒自己的热情和看法，并以多种方式表达出来。其中，提建议即是途径之一。

这份建议当时被提交给茂汶羌族自治县人民委员会民政科，后又被转交到县人委会并引起了高度重视，否则就不会有在县级层面上做出相关安排部署的事发生了。当时麻风村建村不久，条件差，特别是住房紧张得难以想象，57名患者居住在原刁花寨村民留下的几座老宅里，隔出的10多间宿舍每间只有20平方米大小，却要住7至8人，拥挤不堪，重症、轻症患者也无法分开治疗，存在较严重的再度传染隐患。

房屋只有2层，只能男性住楼上，女性住楼下，生活十分不便，导致各种问题产生。同时，土地也有限，医生蔡光弟在1963年7月写的记录中说，是年村中有44人，89亩地，亩产仅100公斤左右，口粮严重不足。

这就造成了村内人员自给自足的目标难以实现，麻风村存在着较大的存续危机，而尚在村外的麻风病患者也无法得到收治隔离，即使被动员入村后仍无法安置，导致近半数的患者依旧分散于各个乡村，社会传染风险极高。茂汶羌族自治县人民委员会于1959年5月13日下发的《关于加强对刁花、苏武寨麻风村的领导及有关问题通知》中说，麻风村收治的患者只占全县麻风病人的53%左右。

到了1966年，仍有70余名麻风病患者分散在各村寨，导致患者周围依旧有人被传染。于是，相关人士提出将三龙乡刁花麻风村搬迁至另一个叫"水沟子"的地方，理由是那里耕地多、房屋多、气候干燥，距离其他村寨远，能确保所有患者入村，满足收治需要。

水沟子也是三龙乡的一个寨落，归富布寨村管，位于沟外的黑水河西岸的高半山中，类似于现在所说的乡级"飞地"。一条源出雪山的溪日夜奔流，将山体切割出一条狭长的峡谷，远看有些像一道夹缝。寨子位于沟谷北坡上，山高路险，峰峦连绵，林深树密，一条路从沟口蜿蜒而上，长度约5千米。我前往采访时，虽已有水泥村道通往寨中，车仍然开了很长时间才到达，在当时全靠步行的情况下，想要进出一次，难度可想而知了。

这个建议被茂汶县人委会采纳后，很快就于1966年3月15日做出了同意搬迁的决定。随即，前期工作展开，根据1966年4月29日形成的《关于对当前刁花麻风村存在问题和搬迁等问题的联合调查报告》显示，先是由一余姓副县长带队，与曾正清等2人组成的工作组连夜赶到沙坝区，向区人委说明了来意后，区委领导好似有些不信，又打电话请示县里。报告说，当时电话直接打给了马书记，他说，搬迁决定确已做出，同时又做了许多新的指示。

第二天，一行人便会同区、乡工作人员，组成了由8名干部组成的工作组，浩浩荡荡地进入水沟子寨展开调查工作。然而事与愿违的是，当地群众多不同意，工作组只好召开会议，走村串户地做思想工作，苦口婆心地劝说了很长时间后,仍有部分人坚决反对,他们表示死也不会搬离。我想,人们这样做或许是可以理解的,建立刁花麻风村时,按当时"一平二调"政策迁出的原居民,日子就过得很艰辛,很多后续问题也并未得到妥善解决。

同时,提出搬迁建议的人和可能被搬迁的人,也许都只是从自己的立场出发思考问题,而没有考虑对方的愿望与诉求。前者是医生、管理人员

拟迁地三龙乡富布寨村水沟子全景(梦非摄)

等，他们从防治全县麻风病的大局出发，觉得水沟子那地方房多地亦多，可以满足防控需要，殊不知搬迁计划的背后，将会影响到另一群人的生活。而后者作为房子和土地的拥有者，搬迁计划则意味着他们将被安置到陌生的地方，他们不舍祖居之地，还为搬迁后的前途担忧，加上对刁花寨人搬迁的经历也有所耳闻，故反对麻风村迁至自己的家园成了他们普遍的态度。

水沟子群众的思想工作还未做通，附近的白溪乡何家坝、雀儿寨等村落也派出社队干部、贫下中农代表。他们找到工作组表达诉求，说不希望麻风村迁至他们的居住地附近，后经劝解说服，他们才返回。随后，工作组立即赶到白溪乡人委，用电话向县人委主要领导报告了情况，县人委要求其继续做宣传动员工作。

于是，动员工作继续进行，却只争取了部分群众同意，仍无法让另一部分人接受搬迁计划，工作组只得再次请示县里，又向区人委报告了情况。不久，得到县领导指示说，现正值春耕生产，等秋收后再议，但区里及一些具体负责麻风村事务的人却有些急迫，召开区委会进行专题研究后，仍然决定搬迁。接着，在3月23日区里就通知医生蔡光弟前往水沟子查看了房屋，还在刁花村召开了搬迁动员大会。事情很快惊动了县里，在26日即由一位胡姓副县长出面，宣布了"暂停搬迁，等秋后再定"的决定。

此后，事情便不了了之，再也没有了下文，至于是什么原因未再继续实施搬迁计划，相关志书、档案都无记载，让人回首往事时，感到有些百思不得其解。搬迁本身并不是一件小事，且涉及面太广，民生仍是需要被关注的内容之一，总不能为解决一个问题，又弄出一个更大的问题来吧？同时，相关资料还显示，麻风村也有部分患者不愿搬迁，并因此使得人心不稳，影响了村民的生产积极性，导致当年粮食减产得较为厉害。

我想，基于这些，最后没有搬迁或许正是因为广大民意得到了尊重。

2022年7月11日

山中那些坟

在麻风村,经过治疗平安返回家乡的村民虽是绝大多数,但也有人并不那么幸运。他们因为病情严重,或者年事已高,又或者患了其他疾病而永远留在了村里,至今仍长眠在村边那片荒坡上,迎送着日月星辰,继续守护着过往的时光。那里,当地人称"麻风坟"。

坟地并不集中,分散在房屋周边的荒坡野地里,它们隐藏于蒿草间,当地人说,总共有30多座。我调查时,满山遍野正开着花,草青树绿,到处都充满了生机,作为人到世上走过一回的最后痕迹,一座座坟已被岁月淹没在了时间飘落的尘埃里,日子久远的,则早已了无痕迹了。

麻风坟形成于麻风村建立的20世纪50年代末到21世纪初,那些进村治疗的患者,除病愈后返回家乡开始新生活的人,另一些人却永远留在了村里。他们作为特殊群体中的一员,和其他"走出去"的村民相比,显得更为不幸,他们每个人都经历了比其他人更为曲折的人生,稍一追述,就会让人扼腕叹息。

麻风村里,死人的事几乎每年都在发生,毕竟入驻麻风村的人,全是麻风病患者,建村也是以隔离治疗为主要目的,所有人都并非健康体壮,如进村的首批患者,除了患病,还有老、弱、残等诸多情况。因此,刚进村不久就有人死去,这一情况被记载在茂汶羌族自治县人民委员会于1959年5月21日提交的《关于建立麻风村工作情况的报告》里,其中说,至当年

掩埋着麻风病患者的山野（梦非摄）

5月10日，死亡者已至3人。而后，据1963年6月7日的《刁花麻风村成立几年以来的总结情况》记载，1960年村里的死亡人数为2人，1963年7月，又有1人离世。

村中患者离世后，便会被安埋在村中离居所不远的地方，特别是20世纪70年代前，交通与通信均十分落后，即使把信送到逝者家里，其家人也无法在短时间内赶到，即使能赶到，有些家属也不愿前往，因为麻风村在当时毕竟是一个令人生畏的地方。所以，患者去世后，得到消息的民政部门便会立即着手准备安葬事宜，他们按惯例划拨出500来元的经费，安排人赶制棺材，然后由管理员具体负责，组织村民依照传统习俗举行葬礼。一位老民政人说，除因情况特殊，少数人只能用简易的"火匣子"安埋外，绝大多数逝者都有一副棺材。

无论葬礼是简易还是庄重，村民们都会把逝者送至山野，找一块平坦的地方，挖好坑，把棺材放进去，然后掩埋起来，垒砌出一座土坟。之后，那人的一生便归于寂静，唯有新垒的一堆石头迎送着春花秋月，风吹过时，新长的草抖动起来，树木发出呜咽声，像地下之人的叹息。不久，坟的四周，又成芳草渲染的世界了。

至今，许多送葬的情景仍存留在亲历者的记忆中，凡在村里生活过的人，都有送逝者上山的经历。一个文姓老村民就对我说，病人一死，都是就地掩埋，他们的家人一般不会赶到，他抬过的逝者就有10多个。我想，那该是怎样一种场景呢？悲伤笼罩在刁花沟上空，一群同病相怜的人，怀着沉重的心情，送自己的邻居甚至同吃同住的人走向另一个世界，他们会不会联想到自己的命运，并为之产生悲观、失望的情绪呢？这样的情况应是客观存在的，许多档案资料都有所反映，如每年的总结或报告、记录中，均会说到村民中曾出现消极情绪，只是后来通过做思想工作，加上治疗效果显现，病愈后返家者增多，才缓和下来。

荒野上的坟并不因人的意志和心情好坏而减少，它们每一年都在增加，无论是以前的茂汶县人委会民政科、卫生科，还是后来的民政局、卫生局，以及专职管理员、医生形成的《关于报送我县麻风村工作情况的资料》《刁花麻风村工作总结》等档案里，都有村民因病死亡的记录，如1964年，59个病人中死亡2人；1980年至1982年死亡5人；1985年村民共23人，死亡2人等。

死者中，纯粹因麻风病死亡的其实极少，1982年的《麻风村总结》提到，离世的3人中，除重症患者外，就有因"肺心病"而不治身亡的。1974年4月形成的《刁花麻风村十三年的情况汇报》中也说，1961年至1974年初，18名逝者多因老、弱或其他疾病导致死亡，因麻风病而死的只有1人。

同时，因有38人治愈出村，让继续治疗的村民和他们的家人看到了更大的希望。

在麻风村，入住后便未能再走出去的人，每一个都有自己的故事。他们经历的是别样人生，体验的是常人难以理解的痛苦，仅"活下去"就耗尽了他们全部的精力。他们劳动、接受治疗、经受病痛的折磨，唯有希望与牵挂支撑着自己走向明天。家是他们心中的温暖，在远方充满诱惑，作为想念的方向，也就成了他们在夜深人静时的寄托，然而直到离开人世，被一群惺惺相惜的人送入荒野时，他们重返家园和与亲人团聚的梦想仍未实现。

白姓男子便是其中之一，他离世于村中，又葬于村中，是一个幼年即饱受磨难，后又感染麻风病毒的不幸之人。其家人回忆说，他生于1956年，在兄妹中排行老大，这就意味着他会承担更多责任，因为在当时的农村，"大带小"是一种常见的成长方式。少年时，他也曾在当地小学读书，但才上到二年级，父母就发生了意外，先是母亲眼睛受伤，影响了视力，再是父亲生病，干不了重体力活，他只好辍学参加劳动，承担起了养家糊口的重任。

那年，他才12岁，不能算全劳力，参加集体劳作时，一个工只评2分，以致家里年年超支，在20世纪70年代初，还成了本村最大的"超支户"，辛苦一年下来，反欠集体600元左右。这在当时，已是一笔巨大的债务了。

日子在劳累中过着，几年后，他已长成了一个小伙子，他身体强壮，个头高，劳力强，已是家中顶梁柱。但有一天，意想不到的事发生了，他爬到香椿树上摘椿芽时，突然痛得大叫起来，连树也不能下了。几个人听到喊叫声后，跑过去帮他下到地面，还以为他得了"神经痛"。后来，家人见其情况并未好转，便请了2个年轻人把他背到山外的医院检查，才知道他得了麻风病。

这很奇怪，他所在的寨子为原东兴乡四坪村赤土坡，从古至今只有他一人感染过麻风病毒，也不知染于何处。确诊后，他只得服从安排，前往麻风村生活治疗。他的父亲拖着病体相送，父子俩带着被子、衣物、粮食、铁锅、锄头、绳子等生产生活用品，离家远行，在曲曲弯弯的山路上走了两三天才到达。

当时，他才20余岁，是一个帅气的人、一个吃苦耐劳的人、一个怀着美好梦想的人，从此便生活在了刁花沟深处。他人好、勤快、有力气，劳动时能评到高工分，土地承包下户后，也是种庄稼的好把式，所以日子过得还算不错。期间，他还当过"村领导"，协助管理了多年村中事务，在21世纪前夕，民政部门处理村中耕牛等遗留问题时，形成的记录中还有"病员白××参加"等文字。

进村后，他只回过一次老家，并且住了一天就走了。那是20世纪90年代的事情，那时他已快40来岁，在麻风村里，已有一个女人和他共同生活。她姓黄，也是不幸染上了麻风病毒的女子，茂县东路人。进村时他们都很年轻，1986年的《麻风村花名册》显示，那年，她23岁，他30岁。日子久了，两人便抱团取暖，相互依靠，结为了"夫妻"，后来还生下了一女。

在麻风村，支撑着患者活下去并积极配合治疗的，除了服务于他们的医生、为之奉献的管理人员、民政人的关心和来自国家的关怀，还有血浓于水的亲情。它让一些人在生活中倍感温暖，即便在临终的时候，也因有亲人的悉心照料和陪伴，而减少了许多遗憾。

其弟白浩友，便谱写出了一曲兄弟情深的亲情之歌。那时，历史已进入到21世纪初，众多村民早已病愈回家，留下的往往都是重症患者或无处可去的人。他即是因病情严重而继续留村治疗的人，已双目失明，完全丧失了劳动力，其伴侣也因病先他一年亡故，永远躺在了"麻风楼"旁边的荒坡上。于是，才从安葬嫂子的劳累中缓过气来的白浩友，见哥哥又已病重，便把他接到县医院日日照料，自己忙不过来时，就出钱请人照顾，虽说治疗的费用都由国家报销，但其他花销仍有不少。治疗一个多月后，眼看其病情加重，医院便下达了"病危通知书"。

于是，白浩友按规定将哥哥送回麻风村里，自己也在村中住下来，悉心陪伴了哥哥一个多月，为他喂饭、喂药，清理大小便。他说，在最后那段时光，哥哥已不能下床，成天躺着，像个"植物人"。哥哥去世后，他从山中砍下树木，做了一副棺材，按当地风俗举办丧事，每天都从县城买回肉、菜、酒、米等，在村中设宴守灵，三天里忙内忙外。他对亲人的一腔深情，让很多人受到了感动，附近卡芋寨等地的人也前来帮忙，村里村外赶来参加葬礼者，每天都有七十人左右。最后，他们齐心协力，把白浩友哥哥的棺材抬到村西那片树林边，埋在了他的伴侣身旁。

他是死在村中后，被热热闹闹地送上山安息的人之一，而这样的场景并不多。村里有些人在最后的时光里，应是孤单而寂寞的，尽管归宿都是一样，不过化为了山中的一抔泥土。

每个在麻风村中去世的人，都被记载于相关的档案资料里，往往只有姓名、年龄和原籍地名，但透过那些文字，我看到的却是一个又一个曾经鲜活的生命。他们来自平凡又归于平凡，人生甚至没有激起半点浪花。因为患病，他们固有的生活轨迹被彻底改变，他们曾有过怎样的无奈？这让我敬佩于那些人的超常意志，凡为人，活着本就是一件不容易的事，何况还是麻风村村民呢！

所有人都终将归于虚无，但在世上的过往却各不相同。命运有时真是会捉弄人，有顺风顺水者，也有坎坷一生者。他们病了，好在病后赶上了新的时代，得到了悉心的治疗与关怀，但作为个体的喜怒哀乐还是只有他们自己感受和应对，有些时候，痛或者不痛，都只有自己知道。

坟是逝者留在世间的最后标志，日子久了，又隐于蒿草杂树之中，连最后的昭示也将不复存在。多年来，在清明等特定日子前往祭拜他们的家人并不是很多，即使有也只是开始的那几年。我望着满坡青绿，那些被春天浸染着的坟茔，显得格外沉重。日子仍在继续，周边游走着管理果树的人，李花一片粉白，让人感到生者和逝者离得如此之近。

  我相信所有病故于村中的人，在另一个世界均拥有了美好的归宿。他们依旧生活于那片山野，也并非无家可归，因为村中的房屋、田园还在，所有生活过的遗迹还在，弥漫在满沟满坡的爱和关怀也还在。

2022年8月13日

新生生命

在每个地方，新生命的降临，都会给人带来希望，让人感到其诞生的村庄或某个家庭，就此拥有了明天。这在麻风村也是一样，有了男人和女人，便有了人间烟火气，也就有了延续千百年的男女之事。

麻风村中每个新生儿的降生，都如在死水中突然落入了一块巨石，往往会激起千层浪花，成为令人们开心的话题和关注的对象。村中每个孩子的成长过程，都是向着未来走去的过程，让人能从中看到明天的阳光并怀着深远的期待。尽管他们的父母的结合只是被默许的存在，但有时，"既成事实"仍有着强大的生命力，何况其还是遵循自然规律，忠于人的本能的结果呢！

正如死人的事在村中时常发生一样，新生命也总是不时来到人间。他们用响亮的啼哭声划破村庄的寂静，他们是全村最健康活泼的人，出生之后或被亲人接走抚养，或就在村里成长，到附近的学校读书，和普通孩子一样。

通过走访和查阅档案资料，我发现村中有文字记载的第一个婴儿诞生于1965年，茂县档案馆收藏的《麻风村1965年总结》中说，当时的59名村民中，有女性10人，因为男多女少，相互间难免争风吃醋，引发了各种矛盾纠纷，虽男女关系被禁止，还是有情投意合者私下结合，生下一个孩子。孩子是鲜活的生命，虽在村里是"禁忌"的产物，但既然降生了,村里就得养活他们。此后,类似的情况便成了经常发生的事,管理人员也最终未能阻止男女村民间的本能交往,"存在"的也就变成了"合理"的。

村中"夫妻"多为自由组合,而男女比例失调严重又是一直存在的事实,这便让因此引发的诸多纠纷,成了长期存在的问题,每年都被各种报告、总结等提及,如1963年7月医生蔡光弟写的工作记录中就有"男女关系混乱"之说。村中病员来来去去,大多是青壮年,他们进村后远离家人,不仅面对着陌生的环境,有时还要面对病情加重的恐惧甚至死亡的威胁,于是,寻求慰藉、相互鼓励、彼此安慰便成了自然而然的事情。他们自行组成既"无证"也没有得到过亲人朋友祝福的"家",抱团取暖,共渡难关,这让新生命的出生也带了些悲情的色彩。我在收集、整理资料时,便心情复杂,因为对那些事增多了理解,自己便在阅读相关资料的过程中肃然起敬。即使在今天回过头去看,他们的行为仍显得无可厚非,毕竟在那个特殊的村落里,以"爱"为基础的任何一种情感,都是让生活得以继续的支撑。

他们的组合看似随意,却也庄重,至少各自都在心里接受了对方,然后同居在一起,也就有了生儿育女的事。多年来,村中出生的孩子到底有多少,民间记忆或相关史料都没有明确的统计数字,相关情况被分散记录于各年度的资料中,如1966年4月29日的《关于对当前刁花麻风村存在问题和搬迁等问题的联合调查报告》中即提到,1965年时,有张姓女子产子,之后,又有一位女病员临盆,还有一名女子打了胎。

所以,出生于村中的孩子至少有20来人。其中,生得最多的是一对来自今沟口镇水若村和原光明镇和平村的村民,他们长期生活于村中,多年来竟生了7个儿女。也许在他们单调乏味的生活里,确实需要更浓的人间烟火味。

有新生命降临,不管怎样,都值得庆祝。孩子在村里的童年并不孤单,他们从出生起便受到村民们不同程度的关爱。生育情况一直持续到21世纪初,2001年,麻风村的相关档案里仍有一女孩出生的记载。

更多生育情况则反映在历年的《茂汶县麻风病员花名册》和《茂县麻风病员花名册》中,从统计出的年龄结构即可看出哪些是出生于村里的人,如1986年的花名册中即有"孩子4人,最大8岁,最小3岁"的记载。而到了1993年,花名册中仍有"最小的为史姓女孩,年仅2岁;2个任姓小孩一个12岁、一个9岁"的记载。

俗话说:"出生不由己,道路由人选。"因为每个人都无法选择自己的父母和出生的地方。那些降生在麻风村的孩子们也是这样,他们绝大多数还在幼年时,便会被老家的亲人接走,给他们上户口,送他们上学,所以很少有人留在村里。2008年汶川地震发生后,因为需要按人头发放救灾物资,村中由政府统一登记上户的也只有不多的几人。在麻风村出生的孩子因为父母的婚姻形式"不正",来到世上后,一般都未及时上户口,管理人员也未作强行要求。当然,他们中也有少数到当地乡村小学读书的,只是上学时会经历不少周折。

被亲戚接回家中生活的孩子,因为有着家族的血源关系,往往会被长辈视如己出,直到成家立业。其中,出生在村中、由史姓女子生的那7个孩子便是这样,被抱养到渭门镇的一个孩子也是这样,还有个天资聪颖,又得到了良好培养的女孩,通过努力,成长为一名大学生。

这个女孩是麻风村自建立以来,走进大学校园的唯一一人。她的父母均不幸感染了麻风病毒,进村治疗时还十分年轻。他们相互依存,结为夫妻,生下她后却未能走出刁花,双双长眠在了那片开满野花的山原。

女孩的父母即前文讲述过的一对青年男女,她也有着一个与春天有关的好听名字,人们亲切地称她"花儿"。在村中长到3岁时,她便被远在原东兴乡四坪村赤土坡寨的二爸接回了老家,从此和她的二爸、二妈和姐妹们一起生活,长到6岁,又进了当地村小读书。学校位于山下的四坪沟旁，上山下山要走约6千米山路，每天接送她便成了家中必不可少的事情。

后来，为让她和自己的女儿受到更好的教育，在读二年级时，她二爸便跑到城里租了一间房子，把她送到了当地人称"青小"（今茂县凤仪镇小学校）的学校，让她从一年级重新开始读书。在二爸、二妈的精心照顾下，加上她本人勤奋好学，小学毕业后，她考入了茂县民族中学，后又考进了汶川县的威州中学读高中。所谓"苦心人，天不负"，3年后，她再度顺利完成高考，步入了大学校园。

花儿所在的大学位于川北，是一所师范类学院，本科。在那里，她全新的生活已拉开序幕，未来可期，希望将不再遥远。我相信所有祝福都会属于她，因为除了一直陪伴、呵护她的亲人，还有充满爱心的社会人士一直在给她鼓励和关爱，并支持她继续走在圆梦的路上。

那位爱心人士姓廖，是一名女士，生活在成都，具体情况不详。她二爸说，她从不肯过多地说自己的事，也不留地址，只是按时给予资助，是一个做好事不想留名的人。这让我在写下这些文字时心里有些担心，把她写出来，哪怕极为简略，是不是也会违背她的初心呢？事情开始于花儿还在读小学的时候，据其二爸讲，当时，廖女士到她所在的学校，想为民族教育出一点力，正好和她相遇，了解了情况后，便与她结成"希望对子"，把资助她读书作为献爱心的方式。

从此，爱心便一直延续，直到今天仍在继续。廖女士按花儿的学习进度确定资助金额，在她小学时每学期资助1200元，初中时一学年资助3000元，高中时每年又增加了1000元，现在则多至一学期数千元。然而，对于廖女士来说，资助只是一种表达爱心的方式，她的关怀改变的或许是受助者一生的命运。所谓"大爱无言"，她给予的，还有精神层面的东西，它所产生的意义更加深远。我感动于这些善举，唯愿天下好人吉祥安康。

把花儿抚养成人的二爸仍生活在寨子里,他管理着自己的16多亩承包地,地上栽着李子树,也种了少量的玉米、蔬菜等作物。我去时,李子已经成熟,有人在寨子里收购,价钱还算可以。他说,一年能收入3万来元,日子还算过得去,而且自己已经儿孙满堂了呢。我想,凡好人都应该得到好报,望着他和善、朴实的面容,我能感受到他的善良、热情和勤劳。

花儿的家乡赤土坡是一片有着光荣传统的红色土地,1935年时,红四方面军曾在村中驻扎过很长时间,在这里发生的"七星包"争夺战也被称为"赤土坡战斗",至今仍有许多战壕遗迹留存在寨子东北面的山野中。此外,这里还有"红九军医院"等红色遗址、遗迹,红色故事、歌谣也在这里流传。我想,生活在如此厚重的土地上,还有什么好事不能发生呢?当我离开时太阳正烈,寨子在炽热的光芒的照射下,静默得像历经沧桑的老者,木架青瓦屋与现代小洋楼交错着随意分布,让人感到所有的一切都正处在变化中。

红色村寨"赤土坡"(梦非摄)

那些出生在麻风村的孩子们如今都已长大成人，或在家乡过上了祖辈那样的生活，或走向了远方，其中一些人也开始生儿育女，每个人都走在属于自己的人生路上。不把他们的生命轨迹记述下来，是一种遗憾，但记下他们在村里村外的经历，又怕会变成一种对他们的伤害，我知道有些事除了自己回忆，并不愿别人提起。

　　所以我就此收笔，以万分真诚和感动，祝愿那些有着别样经历的人，都能拥有一个安定、平和、富足的美好人生……

2022年8月14日

邻里关系

麻风村虽说地处深山老林,但并非与世隔绝之地,自建立起就和周边村寨的邻居们保持着或多或少的联系,仅管相互间的走动来往都不被提倡,甚至作为一种问题被不断向上反映,但人是有感情的动物,相处久了,也就熟悉了,你来我往便觉得正常了。于是,他们和所在地周边村寨的其他村民,便有了时近时远,在允许或不允许的前提下的一场邻里关系。

这种关系主要由纠纷和友好往来两条主线构成,并且都贯穿始终。

纠纷主要发生在村民和刁花寨原住民之间。麻风村建村时,那里的上、中、下刁花共有10户人家,搬迁后,部分土地、房屋、农具、家具等都被占用,这本身就让他们在心里一时难以接受,何况未划入麻风村的果树、花椒也时常被其村民采食,这往往就会引发矛盾,闹到乡里、区里,甚至县里,要费很大一番功夫才能解决。如1959年5月2日由茂汶羌族自治县人民委员会撰写的《关于建立麻风村工作情况的报告》中即说,当时,一些村民不守村规,私自采摘了村外群众的核桃500公斤、花椒0.5公斤,引发纠纷后,乡、村干部只好进村协调,到最后才做出一个"温和"的决定,核桃已被吃了的,不再追究,私藏未吃的,则全部上交村里。

有时,事情还会闹得很大,因为涉及土地、房屋等较大利益,1962年便发生了一件惊动乡、区、县三级政府的事,事情经过被记载于当年形成的《关于刁花生产队与刁花麻风村纠纷解决总结报告》里。当时，已迁出的部分村民决定搬回故地生活，但其房屋、土地已被麻风村占用，他们希望村里能归还自己的耕地、财产，而村中人又不愿搬至更高的上刁花，即使要搬那里也无房屋可住，双方便对立起来，大有爆发冲突之势。

为平息纠纷，县人委立即派出卫生科、民政科前往处理，一行人到达后又会同沙坝区、三龙乡干部一起进村调解。开始时，因工作不细，调解方案欠妥，原住民和新村民双方均不满意。

不久，更大的纠纷随之发生，县人委只得再次派人前往解决。工作组到达后，当即召开了三级干部大会，在充分了解事情的来龙去脉后，才研究出了解决办法，统一了思想、口径。随后，扩大后的工作组再次赶到刁花，在卡洛寨召开了社队干部会和社员大会，但群众皆不肯退让，他们认为新搬迁地划出的土地少、产量低、海拔高，又与麻风村距离太近，外出时还得从麻风村中经过，有感染风险。眼看思想工作无法做通，第二天，工作组又到麻风村召开了村民大会，一番动员调解后，村民们仍不愿搬迁，说上刁花不宜病人修养治疗，还说，要迁就迁回老家去。

见事情陷入了僵局，工作组一行人又走村入户，苦口婆心地做说服工作，经过不懈努力，双方最终签订了一份谅解协议书。根据议定事项，刁花寨原村民从卡洛迁至下刁花生活，麻风村则迁往中、上刁花。协议还说，村际边界以新划定的线为准，不准越界耕作、放牧、垦荒，原有土地、房屋、经济林木等物产，归新划定的所在地村民所有，刁花生产队将13.75亩土地暂借麻风村耕作，时间为1年，村内原来属于原村民的核桃树则归现住村民收采。麻风村人所用的原村民用具由政府折价赔偿给原村民后，继续由麻风村人使用。同时，还特别声明了麻风村自行修建的磨坊主权仍然不变，通往沟外的小路，麻风村人可以随时使用，不得阻挠他们通行。

其他因日常琐事发生的摩擦就更是不计其数了。因麻风村村民每月都

村史溯源

与麻风村相邻的纳呼村卡芋寨（梦非摄影）

可外出一次到乡供销社购买生活用品，下山后要经过卡芋寨和纳呼村内，特别是在建村后很长一段时期里，因对麻风病知识的宣传、普及不够，致使当地群众感到恐惧，总担心被传染，便产生了对麻风村人的排斥心理，见到他们不是退避三舍，就是发生争执。茂汶县人委会在1959年和1963年撰写的《关于建立麻风村工作情况的报告》与《刁花麻风村生产生活治疗总结》中都说，部分病员常去下刁花或卡芋磨面，也到三龙乡供销社买东西，在与当地群众的来往中，时有纠纷出现，其中还特别提到了修建磨房一事，说需要解决经费30元。

　　修磨坊正是为了解决因磨面只能进入沟外的寨子而造成的人群交集等问题。同时，麻风村也加大了对村民的管理和教育力度，一些档案资料显示，经过思想教育，一些村民意识到了私自外出乱走的危害，自觉减少了外出次数，下山购物时，有的还主动走偏僻的小路，以绕开村落和人群。

　　这就让麻风村与邻里的关系处在了十分矛盾的情势中，交往是建立友好关系的必然途径，而生活在麻风村中的那些特殊群体，又有隔离治疗的规定。然而随着治疗效果的显现和当地人对麻风病知识的了解，他们不再感到害怕，麻风村村民与周边村寨村民的交往便变得频繁起来，当然双方所有来往情况在相关的档案资料中，都是以"存在的问题"被记录下来的。

　　交往主要表现在相互间的走动上，在一个地方待久了，人与人之间总会熟悉起来，加深了解后，又有情感滋生，你来我往的时候自然也就多了。撰写于1966年4月29日的《关于对当前刁花麻风村存在问题和搬迁等问题的联合调查报告》中提到，村民与下刁花等村群众接触频繁，关系好，他们时常来往，甚至一起吃喝、住宿，如村外的陈姓老年妇女等人便经常在麻风村住宿。报告说，类似的情况较多，一些人喜欢外出乱走，又不注重隔离防护，引发了传染风险，最终影响到的，便是隔离效果了。

　　这些现象虽然在一定时期内，经过强化管理有所减少，但邻里交往却一直未曾中断过，并在天长日久中，结下了许多友谊。一方面村民在"找副业"时，有些人会下山到其他村寨的农户家里打小工，如砌墙、锯木板等，在主家吃饭甚至住宿就成了常事。许多时候，他们还邀约着一起进山采药、打猎，如1963年底形成的《刁花麻风村生产生活治疗总结》中即说，一次，有一刘姓村民带人上山，就猎获野牛3头，得肉七八百斤。

　　另一方面，有了收获，他们也相互分享，如1964年9月5日由县卫生与民政科联合草拟的《关于报送我县麻风村工作情况的资料》中提到，有次一户村民大摆宴席时，就把附近村寨的25人请入村内，大家一起吃酒席，品尝猎取的野物肉、猪肉和其他食品。而有一次麻风村里吃"杀猪汤"时，也有邻村的10多人前往参加，大家推杯换盏，其乐融融，显得一片和谐。

俗话说，日久生情，在相互来往中，一些人之间便有了很深的情感，相互走动时像走亲戚一般。据茂县档案馆收藏的资料显示，有时，不是村外人来访，就是村里人外出串门玩耍，相互请吃的情况也比较多。期间，有一村民还和邻村一女人产生了情感，到了谈婚论嫁的程度，现在回过头去看，也不失为麻风村的一段佳话了。

总之，在长达60余年的时间里，麻风村人就这样和邻居们维持着时远时近的关系，不宜交往是制度的要求，一切都是为了治疗和杜绝传染，但事实上从未中断的交往，则是人性的本能与需求。我想，他们相互间的邻里关系充满了朴素的情感，尤其是附近的纳呼村人表现出的宽容与大度，足以给予那些曾一度处于悲观、绝望中的麻风病患者阳光般的温暖。他们在感受到来自普通人的友情后，是否多了一分生活的信心呢？我相信是的，历史已经证明，许多在"禁令"下发生过的事，恰好体现了最美好的人性之光。

2022年7月16日

国家救济

在麻风村存续的半个多世纪中，日常生活的保障除了由村民通过劳动进行"生产自给"外，不足部分全都由国家救济。

救济内容包罗万象，除了常态化的免费治疗和医药费补助，还涉及农具、种子、口粮、衣物、布料、棉被、棉絮、棉花、鞋、羊毛等生产生活用品和现金补贴。所有物品或钱款都会在需要时发放下去，年复一年，无数相关工作人员在新老更替中，始终保持着接力前行的状态，认真落实国家相关政策，让党和政府对患者的关怀变成了可以感知的温度，至今都从未中断过。

对国家救济政策的落实，物资主要由茂县民政部门承担，同时也实行"部门联动"，如粮食局负责发放短缺的口粮，卫生防疫部门负责提供免费药品，财政部门负责筹措现金等。救济项目包括生产、生活的各个方面，品种、数量则根据需求而定，年年都有所不同，发放时间也各异，如建村之初，即补助了农具款约80元，补贴搬迁费用110元。

另据《茂县民政局志》记载，在1959年冬天，为了让入住不久的村民温暖过冬，政府还对他们的基本生活物资给予了保障，拨发了医药款300元、救济金410元。茂汶羌族自治县人民委员会写于1959年5月21日的《关于建立麻风村工作情况的报告》中还提到，当年向困难患者发放了御寒衣物10套，救助对象分别来自光明乡和平村、中心村，曲谷乡河东村，东兴乡联合村，富顺乡前进村，石纽乡宗渠村，渭门乡永和村等。救济对象为麻风村全体村民，对丧失劳力、特殊困难群体、病情严重者则更为优厚，这让他们的基本生存得到了保障，在衣食无忧中能安心治疗。

救济工作一直在"润物细无声"中长年累月地进行，总让人想起"一枝一叶亦关情"的诗句。我在采访与查阅志书、档案时，就倍感温暖，并为那些特殊人群命运的改变而由衷地高兴。

物资救济主要集中在维持基本生存所需方面，包括穿衣、吃饭、起居等诸多种类。期间，国家两次投入大量资金为麻风村修建房屋和文化生活设施，在让村民实现了"安居"的基础上，又通过扶持生产等，让他们得以"乐业"。随后，救济便主要是补充"生产自给"的不足部分。《茂汶羌族自治县志》就记载说，政府精心组织，周密计划，总是千方百计地争取和调动各类物资，坚持从细微处见真情，仅1975年至1979年间，便向村民发放了棉被17床、棉裤55条、绒衣45件、棉衣37件。

有时，救济种类和数量也会根据麻风村的相关请求做出安排，医生蔡光弟、县民政、卫生部门就时常向县政府提出救助需求，如蔡光弟提交的《麻风村现在生产生活情况》中就说，1963年需要补助油、盐钱和每季度的医药费200元，又说因肉食减产，原来每月可吃到0.5公斤肉，目前已有2个月无肉吃了。同时，还说需要棉衣15件、救济粮1000公斤。县卫生科也在1964年向一陈姓县长请示说，要求解决村中缺粮、房屋维修、肉食短缺等问题。

问题提出后总能基本得到落实，1974年4月形成的《刁花麻风村十三年的情况汇报》记载，除1963至1964年补助了医药费1200元外，1964年民政科又补助了500元。而在1971年，更是发放了冬寒补助200元、耕牛2头，翻过年，又补助了现金400元、布400尺、棉衣20件、毛皮鞋10双。即使到了1992年，按照村里所提的需求，政府仍向其发放了56公斤种子、56.5公斤地膜和40公斤白糖。

这些物资看似不多，但经过日积月累，也就有了极为惊人的数目，这在当时经济并不发展，县域仍属"老、少、边、穷"的情况下，十分不易，何况还长期坚持了下来。救济工作一直在持续，力度也在不断增大。《三龙乡志》记载，中华人民共和国成立后，党和政府对麻风病人实行治疗上免费，生活上照顾的政策，并每年发放救济物资，对丧失劳动能力者则包干救济。至1987年，政府便向刁花麻风村发放了衣物258件、棉布1854尺、棉花25公斤，第二年，又发放了绒裤8条、棉鞋3双。

除了衣物、被褥等，口粮救济也在"弥补不足"的基础上进行，如建村后的第3年即发放了救济粮1400公斤。粮食划拨中，也以麻风村为重点，任何时候都会优先考虑那里，特别是1992年，在州民政局只分配给茂县救济粮45439公斤的情况下，民政、粮食部门联合下发的（92）17号文件显示，分配方案仍然首先将麻风村作为了救济重点，在分配范围涉及17个乡上百个村的情况下，仍安排给了人数最少的麻风村1000公斤粮食。

就这样，自建村以来，每个村民都有了粮食保障。根据《茂汶羌族自治县志》记载，1966年时，全县都面临饥荒的威胁，粮食极度紧张，但麻风村仍得到了7500公斤的口粮救济。至1983年，村中虽然实行了分户经营，但对丧失劳动力的患者实行了包干救助。1990年在村中粮食大丰收的情况下，仍对丧失了劳力的7人发放了救济粮2000公斤。而在1993年至2002年的9年间，通过"以救补缺"的方式，保证每个村民每年都有150公斤的口粮标准。其中，在1992后的7年时间中，民政部门安排的春荒、夏荒、冬季口粮就多达2万余公斤。

同时，县政府通过"现金救济"来维持麻风村村务工作的正常运转，解决村民困难，让他们都有了一定的"零用钱"。救济数额每年不同，有时还数目可观，如1961年由县政府民政科补助了800元、1964年补助了3600元，这在当时已是一笔"天文数字"了，而1978年的救济款更是达到了2万元。所发放现金多针对个人，像生产补助金等救济村里的款项，则由集体统一管理使用。发给个人的部分往往数量较多、覆盖面广，如1985年6月的一次发放，就涉及每个人，按月计算，人均为4元，另有副食费补助15元。

村民失去劳动能力后，得到的救济则相对较多，《茂汶羌族自治县志》等史料对此均有较为全面的记载。如1974年除对长期驻麻风村的专业调查人员每人按月发放临时津贴16.40元外，还为患者发放救济款共500元。至1987年，各种救济款累计已有6.81万元之多。

村中的患者、年老者一直为重点救济对象。如1987年，麻风村村民的生活费用被救济款全覆盖，丧失劳力的4人每月可领取15元，还发放了村民用于购买食盐、煤油、辣椒等的费用500元。而在1992年至1999年间，类似救济款已有3万余元。

后来，救济方式不断改进完善。根据《茂县志》记载，从1990年12月开始，那些留住村中的患者，只要年满60岁、基本丧失劳动能力后，均享受"五保户"待遇。而当年，临时救助也仍在实施，有8人得到了40至70元不等的补助，2名失明村民则每人得到了40元补助。

与此同时，对麻风村的医疗救助也一直贯穿始终，仅在1961年就由县政府卫生科补助了医药费1200元。平时，则配备专职医生、防疫人员对患者进行免费诊疗、发放药品。《茂县民政局志》记载，2004年，政府实施了残疾人康复工程，对包括麻风病患者在内的8人实施了"微笑手术"，向麻风病人与残疾患者赠送辅助用具、用品176件套。

如此，源源不断的救济便带着国家的关怀、党和政府的温暖，如水一般浸润着村民们的心，支撑着他们渡过难关，让他们得以在"安居乐业"中治病去疾，最终告别过去、走向未来，体验了一段不一样的人生。

2022年6月6日

奉献者传

feng xian zhe zhuan

医生蔡光弟

任何一个历史事件或者一部历史，都有人会成为其中的重要角色，甚至不可或缺，在三龙刁花麻风村，蔡光弟便是这样的人。他作为派驻村里的专职医生，一去就在那里工作生活了16年之久。在以村为家的漫长岁月中，他全心全意服务村民，谱写了一曲民族团结与真情奉献之歌。

因此，他也成了被《茂县民政局志》《茂汶羌族自治县志》两本志书同时立传的麻风村医生。

然而，这种"人过留名"的人生理想的实现，背后付出的是常人难以想象的艰辛，要知道在一条几乎与世隔绝的偏远深沟里，和一群特殊的人群共同生活，同时还承担着治疗、管理责任，能坚持下来，本身就是了不起的事。何况，他还带着家室，并动员妻子也加入了管理队伍，让儿子在当地中小学校就读，可谓把一家人都给"搭上"了。

据《茂汶羌族自治县志》记载，蔡光弟是四川省成都市人，生于1920年10月6日，汉族，家庭条件并不好，父母都属城市贫民阶级，也就是说在当时，也算根正苗红了。虽处在贫困阶层，但他幼年就走进学校，跟着老师断文识字了，并且一读书就是十多年。后来，他从华西医科大学速成救护医院训练所结业，在成都市东区第一伤民收容所谋了个职位，算是正式有工作了。

那年是1937年，蔡光弟17岁。过后，他又先后在彭县医院、成都市卫生局等部门就职，做过药剂员、医士、卫生检查员等。因为他好学习、勤钻研，用一颗上进心引领着自己的追求，在11年后的1948年，他便晋升为了"医师"。期间，他应该还有过其他经历，但都没有离开过医学范围，茂汶羌族自治县人民委员会卫生民政科在1964年9月5日提交的《关于报送我县麻风村工作情况的资料》中提到，他还开过个体诊所。

接下来两年，成都发生了史无前例的变革，一切固有次序仿佛一夜之间全都土崩瓦解，新时代来了，置身其中的人也就身不由己地卷入了滚滚洪流之中，主动或被动地向前涌去。蔡光弟也是其中之一，他重新开始，标志性的事件即是虽已从事过各项工作，《茂汶羌族自治县》中其人物小传里记载的他参加工作的时间仍是1951年5月，单位是成都市医协。接着，他又被调至西南卫生部疗养三分院，还到泸州医院任过医师。工作到1952年，蔡光弟被调至茂县专区医院，从此，便扎根阿坝州，到退休后才离开。

他所在的茂县专区医院，那时相当于后来的阿坝州人民医院，所以，有些档案如《关于报送我县麻风村工作情况的资料》中说他"调州医院工作"，说的其实是同一件事。

蔡光弟勤奋好学，喜钻研，有扎实的医学功底，加上在从事医务工作中，不断总结临床经验，医术水平不断提高，有资料说，他在1964年时，就已被评为医士，卫生技术14级。在茂县专区医院工作的几年中，他还对当地的羌医药进行了广泛接触和了解，在探索中西医结合治疗传统疾病的路上迈出了第一步。

于是，当1954年理县率先建立麻风医院时，他便服从调遣，作为最佳人选远赴医院所在地苏武，成了一名麻风病医生，这一干就是23年。在当时，做一个麻风病医生是极不容易的事，许多人都不愿前往，除条件艰苦外，每天还要面对众多具有传染风险的人群。据知情人回忆，蔡光弟接到通知后，没有讨价还价，收拾好行装，背上行李，挟一把伞，就义无反顾地走向了新的岗位。他一路风餐露宿，从茂县凤仪镇出发，沿岷江而下，在松茂古道上走了40多千米，到达汶川县威州城，过了保子关索桥，又沿杂谷脑河而上，步行了好几天，才赶到目的地。

在那里，他既是医师，又是药剂师（代理），一待就是7年，直到1961年9月，才被调至当时的茂汶羌族自治县三龙乡刁花麻风村。

他到达刁花时，麻风村才建立了5年，条件依旧艰苦。县民政科和卫生科的资料显示，入村后，他住在下刁花的一间临时"蒸汽室"里，条件极差。同时，他面对的病员有43人，他们均初进村中，还未得到系统治疗，许多人的病情甚至相当严重，仅重症者就有7人之多。

对此，蔡光弟采用当时治疗麻风病的通用方法，大量使用西药，并率先推广当时的最新药物与研究成果。同时，针对一些病人经过一段时间治疗后，对西医产生了抵触情绪，甚至出现了不愿再吃西药、打针等现象，他利用深入羌村羌寨宣传卫生防疫知识、动员当地麻风病患者进村治疗等机会，走访当地民间医生，收集"祖传方子"，特别是医治麻风病的传统"偏方"、土办法，将羌医羌药用到了治疗过程之中。

经过一段时间的研究，他用山中的野生中药材，配制出了治疗麻风病的专用中药"红七散"和"白花蛇散"，病人服用一段时间后，症状明显减轻，于是他便开始推广使用，开创了中西医结合治疗麻风病的新途径。他研究配制的药方现在仍收藏在茂县档案馆中，由他本人于1963年7月整理的记录资料显示，当年，服用中药的49人中病情好转的就有17人之多。

蔡光弟研制的药物，其原材料多来自刁花沟内和龙池山中，每一种药都用若干种药材调制而成，这些药材生长在山野，从未有人想过它们会为治疗流行了几千年的传染病发挥作用。其中，"红七散"即由石斛、石蝉草、红娘子、江子、白芷、防风等九种药材配制，也有人讲，他还用过麝香做药引子。

蔡光弟精心医治患者，努力探索治疗麻风病新方法，走出了一条中西医结合的治疗之路，同时他还运用物理疗法，如药浴等，使治疗效果更是得到大幅度提升，疗程也缩短了不少。《三龙乡志》记载，麻风村建村后收治的124名病员中，临床治愈率不久便达到了73.60%。在他的精心治疗下，不少患者得以病愈出村，回到家乡，开始了新生活。

在专心致志对麻风村村民进行治疗的同时，蔡光弟还用自己的医术为村外人服务。当时，三龙乡医疗条件较差，全乡村落都位于高半山或深沟幽谷里，人们有个三病两痛，大多用传统经验形成的"土办法"自行医治，能到卫生院检查、吃药打针的，只有极少数人。很多时候，如果病情严重，也不过请释比"驱邪赶鬼"或者用"立水柱子"等民间迷信方法来应对，有时还自己给自己"立筷子"送魂，当地许多人都经历过类似情景。

所以，刁花所在的纳呼村乃至三龙乡全境，以及附近的沙坝等区乡村落，有人生病后，病人及家属多会请蔡光弟医治。人们把病人送入村里，或者前去请他上门诊断。一些人回忆说，大家都相信他的医术，有人生病后，往往会首先想到找他，病得再重，只要经他一诊治，开出药方，吃下后往往就好了。这虽然有些夸张，但能从中看出他确实医术高明，深受村民信任。

他医治其他病人时，也是采取中西医结合的手段，根据病情对症下药，治疗的疾病多为普遍的伤风感冒、腹泻、长疮等。他给病人服用自己用中药材配制的药丸，据说效果极好；治疗外伤、恶疮时，他会把西药磨成粉后，涂在病人的伤口上，只三五日就好了。

为人治病时，蔡光弟总是一视同仁，本着悬壶济世的精神，用一颗善心对待所有病人，不管有钱无钱都同样对待，即使收费也只象征性地收个一元几角。做麻风医生期间，他到底医好过多少人、挽救过多少生命，已难以统计，只好用"不计其数"来形容了。《茂汶羌族自治县志》还载，他医治的人中，小孩特别多。通过自己采集中草药，他仅治疗和抢救过的羌族儿童就有近200人。我在当地采访时，就听到过多人说："我们都得到过蔡医生的救治。"他们说这话时，脸上总带着尊敬、感激、怀念的表情。

因此，蔡光弟不仅在麻风村内受人尊敬，在村外也有极好的口碑，到现在仍有许多年长者能讲出他的许多好处，说他救过村中很多人的命，大家都很感谢他。在有着知恩图报文化传统的羌寨人眼里，他是最值得感谢的人，一到冬天，无论谁家里杀了猪，都会请他前去吃"杀猪宴"，或是送来许多肉，让他成了自己从不养猪，却有肉吃的人，一年下来，猪蹄、香肠、腊肉都不缺。

做专职医生的同时，在很长一段时间，蔡光弟还承担了麻风村管理员的职责，这让他更加忙碌。面对自己承担的"双重"责任，他兢兢业业地工作着。《茂县民政局志》记载，为了民族地区的麻风病防治，他数十年如一日，从未计较过条件好坏、待遇高低，只一心扑在事业上。

麻风村村民来自四面八方，可谓形形色色，和其他寨子相比，麻风村的管理难度要大得多，因为一些长期生病的人，性格多少会变得有些古怪。在相当长的时间里，悲观、失望等情绪滋生于村中，部分人也就有了破罐子破摔的消极心态，矛盾纠纷、私自外出、男女关系混乱等问题随之出现。然而从建村后到1970年，村里一直没有配备专职管理人员。

如此，蔡光弟便一边治病，一边管理，他呕心沥血，有时甚至到了力不从心的地步。这从他写给县民政、卫生部门的材料中可以看出，他在多篇报告中，都提出了"配备管理员"的请求，如1963年12月29日的《刁花麻风村生产生活治疗总结》里，便有"请求医院派人进村检查病人细胞，修建病房，派驻管理员"等文字。

他极为认真负责，也是个"较真"的人。从今天依然保存在档案馆中的许多资料可以看出，无论是他写的各类记录，还是麻风村总结，都客观陈述了当时的情况，指出了存在的问题并提出了解决问题的建议，甚至对一些责任部门、部分干部的不负责情况也进行了批评和反映，让许多问题和困难都及时得到了纠正和解决。

我想，只有胸怀赤子之心的人才能做到这些，并且长期坚守。他拼尽全力，试图让村民的治疗与生活都保持正常秩序，并为之付出心血。他不断呼吁改善村民的居住环境与医疗条件，在得到响应后，基础设施建设提升了，全村的生活水平提高了。

蔡光弟个性鲜明，有着许多与众不同的地方。我采访时，一位老村民说，他人很精干，中等身材，身高约一米六，左臂上留有疤痕。他平时外出不管天晴还是下雨都伞不离手，爱喝酒，喜欢用花生米作为下酒菜，人很好，也和气，医术高明，村民们都亲切地称他为"蔡老师"。

他最独特的习惯是从不坐车，仿佛坚信自己的双脚可以踏遍世界。在早期，县城至乡村无公路通行时，他走路；20世纪70年代后，县道、乡道陆续开通，他还是坚持走路，以致"不坐车的人"成了对他的专有评价，关于他走路的事，很多都被记在了《茂汶羌族自治县志》里。

据县志载，他时常进城办事，如到卫生科领药、到民政科领救济等。出发时他总是背一个背篼，里面装着煤油炉子（也有说是酒精炉子的），以及锅、碗、筷子和挂面、面粉等食材，行走在乡间小路和茂黑公路上时，只要渴了饿了，他就放下背篼，取出煤油炉在路旁烧水喝，有时吃干粮，有时煮饭吃。麻风村到县城凤仪来回有百余千米，他一路走去，办完事又一路走回，一去一返，往往要用4天时间。

县志中还说，他从不给组织和群众添麻烦，有一次民政科的工作人员见他走得很辛苦，打算配备一头驴子让他骑，但他坚决不同意，还是自己背着东西走。至于他为何坚持走路而不坐车，原因并不清楚，我觉得应该是因条件所限而养成的习惯吧，只是他这习惯一养成就没有再改了。

到县城还算是近的，一些人说，他回成都、去马尔康也是走路，如是这样，便无法让人不佩服他坚韧的意志了。途中，他走到哪里饿了就在哪里用炉子煮饭，走到哪里天黑了就在哪里住宿。当然，他也不是都住岩窝、树下、路旁的草坪，尤其是在刁花和县城之间，沿途的许多人都知道他，见到他就说："蔡老师来了。"天黑时也会留他，所以一些时候，他是住在旅馆或当地人家过夜的，因为不管走到哪里，他都是受尊敬的人。

蔡光弟在当时有一份较高的工资，所以有钱买酒，也很大方，开会时，还要买烟发给大家抽，自己有事请村里人帮忙时，也要请他们吃饭、喝酒。一位文姓老村民对我说，他是村中"有权"的人，但从不贪心，很长时间里，他负责发放救济钱粮、采买物资等，却从不贪占一分钱。当时，拨给麻风村的款项一些年份有500元之多，他领取后，就用来买农具、煤油、辣椒粉等日常用品，账目记得一清二楚。

他处事公平，也因此树立了很高的威信。有村民回忆说，有一次，一个总爱偷吃又懒惰的人抢饭，别人制止不了，他赶到后，教训了那人一番，硬是吓得那人几天都不敢和他碰面了。

他还有些神秘，村里人传说他曾在川军中服过役，说他把一些东西藏在床下，退休离开时才取出来，有证件、徽章等。当然，这些都是传说，史志并未有过记载，这些只是说明他在大家眼中确实是一个特别的人。

不管怎样，大家一直都记着他的好，麻风村最后的村民文善思说，听到他因病逝世时，很多人都哭了。

在麻风村，蔡光弟的妻子王淑茹一直跟着他，从最初协助治病、管理村务的"志愿者"变成了管理者。麻风村后来配备的3名专职人员，除了黄天亮、王得录，便是王淑茹。

王淑茹的老家在今都江堰，据说她曾参加过成阿公路的修建，后到理县麻风医院当工人时，与蔡光弟相识并成家。随后，她便跟着他，长期坚守于麻风村，为羌乡的麻风病防治无私奉献，直到退休。期间，她在为村民采购物品、代写书信、转送东西等方面做了大量工作，有时也和丈夫一起背物资上山，一起走在往返县城的路上。

同时，夫妻俩还把儿子也带到了村中，有村民说，这孩子是他们抱养的，叫蔡开明，是王淑茹妹妹的儿子。孩子从小就和他们生活在村内，长大后，就在当地的三龙乡小学校上小学、沙坝读初中，后到都江堰一家企业工作了。

所谓"桃李无言，下自成蹊"，蔡光弟离开麻风村时已57岁了，不久，他又过上了退休生活，但因积劳成疾，1986年就因病在成都不幸去世了，年仅66岁。

蔡光弟走了，但他的精神与好名声却留了下来，《茂汶羌族自治县志》中说，"他因有崇高的品德和献身精神深受群众爱戴。"他几十年如一日默默无闻努力工作的精神，除赢得了群众的称赞，也得到了国家、省、州、县各级部门的认可。《茂县民政局志》记载，早在1983年7月，国家民委、劳动人事部、中国科协就授予他"少数民族地区科技工作者"荣誉证书，报社、电台也对他为羌乡的麻风病防治事业做出的贡献进行了宣传报道，称他为"羌族人民的好医生"。

所谓"雁过留声，人过留名"，臧克家写的诗《有的人》中说："有的人死了，他还活着。"蔡医生就是这样的人，"羌族人民的好医生"这一殊荣，他当之无愧！

2022年8月2日

医生苏绍先

我在2022年初秋开始了解并记述苏绍先在麻风村担任专职医生的那些经历时，他已是74岁的高龄老人了，早在多年前就退休并去往都江堰市聚源镇生活。如今知道他的人极少，那些年的许多往事正在被人们遗忘，包括他自己及几个熟悉他的朋友。

而他本该被历史记住，不因其他，仅凭他在麻风村的那些年，能坚持下来并克服困难，真诚地为患者服务，以及他在麻风病防治中体现出的奉献精神就足够了。

苏绍先的出生地汶川县水磨镇，地处阿坝州和都江堰的交界处，人文厚重，山清水秀，如今已是远近闻名的地方，而在这温和湿润的环境中滋养出的，往往是人的自然朴实与善良之心。他便在那样的环境中成长，伴着滔滔江水声，秉承着乡村传承千古的美德，上学读书，随后又走进大山，在艰苦的地方一工作就是几十年，把人生最美好的青春岁月全留在了山野。他在麻风村工作的经历，是羌乡开展麻风病防治工作历程中的一段宝贵记忆。

调入麻风村工作前，他先在阿坝州的一所卫生学校学习。那是民族地区很早就兴办的中等专业学校，培养过大批基层卫生人员，许多优秀的乡、村医疗卫生技术人才都出自那里。

学成毕业后，因为他已是一名对皮肤病防治有所专攻的医生，一走出学校就被分到了茂县三龙乡麻风村工作，连选择的机会都没有。他也没有讨价还价，服从了安排，带着简单的行李就赶到了茂汶县报道，接着又赶往纳呼村，步行了好几千米山路才到达位于高山上的麻风村中。他回忆说，进村的时间是1977年7月，这和《茂县卫生志》记载的情况一致，从此，一段长达10余年的坚守便开始了。

到麻风村任专职医生后，苏绍先才知道条件有多艰苦。那时患者仍住在原住民留存的房屋中，拥挤不堪，卫生室、治疗室也不过是两间石头与黄泥建成的房子。他从前任医生蔡光弟手中接过麻风病治疗工作时，仿佛把千斤重担也随之担在了肩上，好在他除了有着

退休后生活在都江堰聚源的麻风村医生苏绍先近影（苏绍先提供）

坚强的意志，还有强健的身体支撑，熟悉他的人都说，那人个子大，有力气，一只手可以挟起一根木头在山路上行走。如今，虽已退休多年，他的身体依旧硬朗，只是脸上依旧带着因长期坚守在艰苦环境中，而被时光刻印的沧桑。

苏绍先进村时，麻风村仍有患者43人，防治对象多，任务重，基础条件又差，开展工作的难度可想而知。其后，他一心为村民们服务，一些人病愈后走了，一些新发现的患者又被送了进来，有些年份人少，有些年份则人多，《茂县民政局志》记载，在他工作的1977年至1988年间，麻风村中人数最多时有47人，最少时有15人，到他调离那年仍有21人生活在村内。他们中有不少年老者、病重者、残疾者，苏绍先回忆说，村民中有失

去手的，也有失去腿的，严重者的溃疡溃烂后，连骨头都露了出来，有人因伤口感染恶化，又久治不愈，发出的恶臭很远都能闻到。

面对那些场景，被触动的却是一颗善良的心，因为觉得那些人被病痛折磨得厉害，是一群不幸者，他从未放弃过他们。苏绍先努力工作，不辞劳苦，也不怕脏、不怕累，不断总结经验，认真医治，只想早日为患者解除痛苦。他十余年如一日的工作经历就是一段真情奉献的过程，宛如山下的小溪，细水长流，让从未中断的水流之声，终成了岁月的乐音。

工作期间，他是麻风村最孤单的人，因治疗时为了防止相互传染等需要，用来做医务室、消毒室等的两间土房子位于离村约1千米的地方，房子建在老山林旁，可谓"上不接天，下不挨地"，他一人住在那里，除了为病人治疗，就独自生活。我想，那是很少有人能坚持下来的环境，尤其是夜晚，除了风声、野兽与鸟的叫声以及虫鸣，便再也听不到其他声音了。

即便条件如此艰苦，苏绍先还是坚持以治病救人为最高追求，他不断总结经验，按治疗要求每周开展2次集中诊疗工作，为患者清洗伤口，发消炎药等。平时他就在简易消毒房中，烧起柴火，用一口老掉牙的高压锅为工作服、口罩及其他医疗器械消毒。

就这样，在他的精心医治与全社会的共同努力下，对麻风病人的治疗得以在村中持续推进并收到了良好效果。茂县档案馆收藏的《麻风村医务室总结》《麻风村小结》等资料均显示，在苏绍先作为专职医生的1980年就有11人病愈出村，无重症患者，到年底仍存有价值2000元的麻风病专用药和千余元的普通药，而在1985年时，消毒室等用房还得到了翻修。

坚守在麻风村里，意味着对家人难以照顾。当时，政府配备的专职医生就他一人，无法如现在一样实行"双岗"制，医生的离开，对麻风村的一些重症患者来说，往往便意味着治疗中断，加上当时交通不便，路途艰险，苏绍先一直很少回家。当时，他的妻子、儿子等家人都远在都江堰生活，据了解的人讲，他长期独自一人，只在妻儿上山看望他时，一家人才能团聚。

　　而对于"家"的牵挂和照顾，更多的体现则是他会偶尔找机会带些东西下山。他说，那时的条件异常艰苦，每月工资只有32元，配粮15公斤、清油0.2公斤，对一个工作强度与压力超大、身体健壮的人来说，显然无法满足需要。于是，他在工作之余，便在一些空地上种植土豆、蔬菜等作物，也喂养过鸡，收获后便托人带一些到远在聚源的家里，这是他履行家庭责任的不多的几种方式之一。而实现这种方式的机会也不多，当时不比现在，发达的快递业务和交通让所有距离都变得不再遥远，那时，在打一次电话都无法做到的情况下，想找到"顺风车"带东西几乎是一种奢望。

　　但许多梦想又都有变成现实的机会，那得讲究"缘"，卞继好就是经常帮苏绍先传递信息和转送农产品的人。他有着得天独厚的条件，在茂县人民医院驾驶救护车，这在当时是一种让人羡慕不已的职业，很多靠步行赶路的人，见到司机都十分尊敬。卞师傅时常开着车为麻风村送药，当然车只能开到刁花沟口的卡芋寨，上山得背着药品徒步上去，一来一往，他和苏绍先便成了朋友，直到今天，这份在困难中结下的友谊仍在延续。

　　卞师傅讲，苏医生人好，工作认真负责，对人真诚，为人踏实，和患者的关系也十分融洽，大家都认可他。他种出了蔬菜，除了有时带些回家，也送给丧失了劳动能力的村民吃。于是，卞师傅在收获季节去麻风村时，便会带些土豆等蔬菜走，在平时进村，则会带若干生活日用品上去，也会帮苏绍先买些酒。当地人说，苏医生对人热情，卫生防疫部门等人员上去后，往往会在他那里吃饭，他总会把最好的东西拿出来招待大家。当然，他自己也喜欢喝酒。

　　因长期在麻风村工作，苏绍先还面临着另一个考验自己意志的难题，即包括熟人在内的部分人对他的回避。他们因为害怕被麻风病毒感染，觉得他好似就带着它们，总有意无意地躲着他，见面时，也本能地保持着一段距离，这让他的交际圈子变得极小。我在调查收集他的事迹的几个月中，发现几乎没有知晓他的人，这或许便是这些原因导致的，又或许和他做人低调，不善于宣扬自己有关。所以，他进城办事、领治疗药物等的时候，多只和卞师傅来往，也常在他家住宿吃饭。

即使这样，直到离开前，他也没有找过卫生或其他相关部门诉说自己的苦恼，更没有提出过调动要求，他独自承受着工作和精神上的压力，一天又一天地坚持着，度过了数千个日夜，把人生最美好的青春岁月留在了羌山上的特殊村落里。这需要怎样的意志才能做到呢？坚强往往只能通过艰辛的过程体现，有人只说不做，有人只做不说，他显然属于后者，默默无闻，但却境界高远，脚踏实地在平凡的日子里书写着不平凡，在如歌的行板里，他敲响的全是深情的韵律。

苏绍先说，他离开时，在村里已待了12年半之久，离开的时间好像是1989年7月，《茂县卫生志》中也有"住村医生苏绍先调县内洼底乡卫生院工作"的记载。他调去的洼底乡卫生院也是一个艰苦的地方，那时的山区农村，经济还未发展起来，洼底乡全乡虽只有1500多人，却分散在黑水河两岸的崇山峻岭中，寨子多建在高半山的沟壑深处，村道未通，走路全靠步行，小路如羊肠般悬挂在悬崖峭壁间，乡里人说，曾有位首次行走在上面的女性乡干部被吓哭过。

洼底乡我极为熟悉，曾有近10年时间以联系乡镇县级领导的身份负责那里的工作督导，每次走在前往村寨的路上，都能体会出苏医生那时开展业务的艰苦与困难。在新岗位上，他仍一如既往，保持着在麻风村的敬业精神，以饱满的热情再次投身到羌乡的卫生事业中，至他调离到另一所卫生院的近5年时间里，年年都超额完成了卫生主管部门下达的诊疗任务。他既做内科医生，也做外科医生，打针、开药、缝合伤口、输液等都基本自己一人完成，每年的诊治人数都在3000人次左右。

1994年4月，苏绍先调至较场区卫生院后，服务区域从一个乡变成了一个片区。较场区卫生院所在地是曾经发生过叠溪大地震的地方，因冬天特别寒冷，又缺水，条件特别艰苦。他在那里除了完成日常诊治工作，还要协助传染病、地方病等疫病防治和接种等诸多事务，同时，因医院位于"213"线上，过往人员、车辆极多，发生交通事故后，赶赴现场救治伤员的情况也时有发生，他的付出仍然多于收获。

在那里，苏绍先工作的时间很长，直到退休前都在那片山水间为当地人看病开药。他总怀一颗医者的"仁心"，以满腔热情服务山水间的羌族民众。

退休后，苏绍先终于回到了其妻子居住的都江堰聚源镇，和家人生活在了一起。转眼间，多年时光又已过去，许多事情都终将会被人们忘却，但我相信麻风村的经历定会深深铭刻在很多人心里。对苏医生来说，那些经历是否也算一笔财富呢？付出过、辛苦过、收获过，人生也就无怨无悔了。

此时，我的感动已从内心泛起，把苏医生的这些经历粗略地记载下来，或许就是最好的对他表达敬意的方式。祝福无声，所有意义深远的生命都会被人长久地记得，记住了这个平凡人做出的不平凡事，就是记住了他为之奉献的事业和真情厚爱，唯愿苏医生的晚年如夕阳般静好。

2022年9月21日

管理员马朝林

我见到马朝林时，季节刚好进入农历三月，位于群山深处的三龙沟春意萌动，河边的田地上，李花含苞，两岸坡原野桃花竞相开放，天空中白云悠悠，阳光透过云层落在大地上，柔和而温暖。就在这美好的春天里，马朝林正和几个人在田间忙碌，他们将地里的李子树挖出来，又装在车上，打算卖给前来购买的外地果农。

这让人吃惊，为村民操劳了20多年的村干部，虽已至68岁高龄，竟能和年轻人一起劳作。那壮实的身体与岁月留下的稳重一同呈现出来，给人诚实、敦厚、沉稳的印象，一看就能感到他是有着善良天性与一副热心肠的羌家人，难怪他能为麻风村做那么多好事了。

马朝林是茂县沙坝镇纳呼村卡窝寨人，年轻时应征入伍，被编入50军后驻扎在四川广元。在部队5年的磨炼，成就了他沉着冷静、果敢迅速的行事风格，也为他以后服务村民、承担繁重的事务打下了良好基础。在我访问时，他始终带着微笑的脸，便隐约闪现着曾经作为战士的精、气、神。

复员回乡后，马朝林在1978年即开始担任村干部，至2005年从村支部书记的岗位上离任，长达27年之久。期间，正是中国农村发生巨大变革的时期，他上任时，改革开放已在当地拉开序幕，他也随着所在地从"大队"改称为"村"，先后担任了大队长、村委会主任、村支部书记等职务。他认真负责，精心安排集体生产，组织村民耕作、放牧、找副业、交公粮、分土地。实行联产承包责任制后，他主要负责化解纠纷，协助征收农业特产税、屠宰税和教育费附加、提留等各类税费，当然还要抓计划生育工作，配合计生部门收取超生罚款。

那时，村干部属于一个奉献群体，报酬少得可怜且常年拿不到手，还得负责为进村入户的县、乡干部安排食宿和带路，兼并他们一起开展说服动员、思想教育等诸多事务。对此，他毫无怨言，从不计较个人得失，甚至把家作为开展工作的场地和平台，让家人也跟着受了不少累。

20世纪中叶，麻风村管理方式发生变化，不再设专职管理员后，民政部门便于1987年10月招聘马朝林做了麻风村管理员，将村中一切事务委托于他，《茂县志》中就有"麻风村无专职医生，管理工作由村长马朝林代管"的记载。从此，马朝林便成了那群特殊村民的管理员，到2004年由余金龙接任时，他已坚持了8年之久。期间，虽有一定报酬，但极少，1993年前为每月50元，过后才涨到每月60元。

马朝林接手管理麻风村时，村里尚有44人，土地百余亩，于是大家参照其他村社，也实行了联产承包，将地分在各人名下，自种自收。因无需再组织集体生产劳动，"排忧解难"便成了马朝林的主要工作。

但仅做好这"四个字"涵盖的事情，仍足以费去他诸多精力。要知道麻风村是一个特殊村落，里面生活着一群特殊的人，也就会有许多特殊的事发生，有时甚至把人弄得焦头烂额，他只好在兼顾全村事务的同时，把更多精力用在服务患者上，连自己的家都基本无法顾及了。

8年里，村中虽然多为"日常琐事"，但多而繁杂，每一件都得认真对待，因为对村民来说，小事也是天大的事。其中，马朝林长年累月都要做的是调运和分发救助物资，每年一到两次，还有春荒、冬补等不定期救济。物资由民政部门划拨，有钱、粮、衣物、棉被等，到达后，他就组织拖拉机等运输工具，从当地粮站或县城把物资运至刁花沟口，认真登记造册，通知村民下山，按标准分发后，又让他们自己背回去。

那时，到村中只有一条羊肠小道，步行上山下山都要耗费很长时间，但凡村中有事，他就立即前往，调解、送信、送东西、送药等，经常忙得像旋转的陀螺，有时甚至还会付出巨大代价。一次，他接到"村里看不到电视"的信息后，即前往查看，赶到后经检查发现是"锅盖"（卫星接收器）出了问题，便爬到房顶的瓦脊上调试。因山中雨水多，房顶湿滑，他在调试时一下子摔到地上，造成了手臂和腿部一并骨折。

所谓"伤筋动骨一百天"，受伤后，他只得远赴汶川县骨科医院请羌医药接骨专家蔡光正治疗，用半个月时间接好骨头后，又回家休养了4个多月才基本痊愈，至今仍有后遗症留下，误工补偿等则到今天也未全部落实。他说，自己很少去找有关部门，这让我觉得他好像早就有了放弃那些应得补偿的想法，对于自己过去的事已坦荡于心，或者，他本就从未计较过为那群特殊村民服务的得失。

在村中，患者也各有各的性情和好恶，个别人在长期的国家政策救助下，一旦有需求未被满足，便会理直气壮地提出诉求，于是，他们如有愿望未得到及时满足，就跑到县政府上访，有时还睡在政府门口要挟。这时，马朝林便会前去做说服动员工作，把上访人带回村中，类似的事到底发生过多少次，他已记不清楚，反正时有发生。1992年9月20日和22日，因村中受灾，他还向民政部门打了报告，提出解决耕牛1头，以及为自建房在雨中垮塌的2名村民解决重建费400元的请示。

当然，有些要求是无法满足的，因为对麻风病患者的救助也必须和国家政策对应，对于这些，他就自己想办法解决，而策略是从自己家里往外拿，如酒、腊肉、治伤风感冒的药等。村中有个王姓患者，离家远，双目失明，马朝林就把关照他的生活作为重要的事，每年都要送肉、挂面等物品给他，直到他离开麻风村返回家里。当他病好后出村时，因无人接送，马朝林又把他送到了近100千米外的老家南新镇凤毛村。

在村中，调解纠纷则是常有的事情，一些患者性情古怪，又来自不同地方，一方一地的人自然就结成了一派，同在屋檐下，互相之间难免磕磕绊绊，时常发生口角、斗殴。每当这时，他就前往调解、劝说，直到事态平息；调解不成时，就报警请当地派出所协助。一次，两人打架，在冲动下动了刀子，一人被刺伤，在派出所出警后，事件才得以解决。

　　除了调解村中内部矛盾，当地人与麻风村人的冲突也是他需要解决的问题。他曾任过麻风村所处当地村的村主任和支书，又兼管麻风村事务，便被夹在中间。建村时，原来的几家人的房屋、自留地均被征收，但相应补偿却未落实，当时因形势特殊，他们不能提出相应条件，后来便一直上访，但其反映的问题又因政策等原因，一直未能解决，便和患者产生了一些矛盾。同时，在土地问题上，当地人和麻风村人也有许多纠纷，调解两村之间的纷争便成了一件常态化的事情。调解时，他多站在弱者的立场上，维护患者利益的时候多些，这又让他得罪了不少自己村里的人。

　　他还因负责麻风村的账目、财产管理，曾被人举报，说他有问题，直接惊动了县纪检部门，好在一行人前往调查后得出了"举报不实"的结论，才还了他清白。对此，他也感到过委屈和无奈，但想到"清者自清"的俗语，便又释然了。

　　如今，麻风村已即将结束自己的使命，曾为之付出过的每个人都必将被历史铭记。我采访留在村中与病愈回家的一些村民时，说起马朝林，他们都说："晓得，管过我们！"

　　我想，一个人的一生能被别人记住的并不多，马朝林即是其中之一。付出的回报并不一定是光鲜的花环、有形的证书或者丰厚的物质，能被人记在心里，又何尝不是最好的奖励呢？

2022年5月16日

管理员余金龙

余金龙是继马朝林之后，接手管理麻风村事务的又一个三龙人。

我是在2022年3月1日采访到他的。那时，他正坐在三龙乡中心学校的操场上，从天空洒落下来的阳光，让初春的日子充满了暖意，沉睡的槐树已开始苏醒，枝头隐约闪现点点的绿。他坐在坝子中央的一张老桌子前，一边喝茶一边照看他的孙女，对我请他讲述管理麻风村的往事显得有些不置可否，仿佛那段经历并不值得一提，不过平常的一首歌而已。

余金龙生于1969年，属土生土长的当地羌族人，虽年过半百，仍精神焕发，高大的身材给人耿直、豪爽、热情好客的印象。我想，难怪还未见面时，陪同我前去采访的沙坝镇人大主席团主席曾明勇就说他"是个热心人"。而正是因为拥有一副"古道热肠"，才让他得以为许多人避之不及的麻风病患者长时间地服务，自2004年至今，一干就快18年了。

他是根据县民政部门的安排成为麻风村管理员的，有一定报酬，但不多，每年1600元至1800元不等，最近两年则未再发放，他也未去理会，心想可能是因为麻风村即将人去楼空，已不再需要专人管理了。

余金龙管理麻风村时，因村道未通，大部分时间有事就步行前往，他家住在纳呼寨中，往返一次走的山路便有10来千米，往往一去就得用半天甚至整天时间。他处理的事多为日常事务，但每一件又都关乎村民的生活，如供电、保水、分发生活物资等，反正事无巨细，都得他操心操劳。

期间，断电是经常的事。当时，线路老旧，负荷低，风吹草动都会碰线短路，人们用电时，也不太爱惜设施设备，经常超负荷使用大电炉或乱拉电线，当保险丝或线路被烧坏后，他们就找余金龙解决。他一得到信息便立即动身前去修理，爬杆接线，十分辛苦。类似的事随时都在发生，直到2021年线路改造完毕后，他才少了些"业余电工"的活。

村里用水也十分麻烦，麻风村位于高半山，饮用水取自山沟里的溪水。以前，吃水得人背肩挑，后来安装管网接通自来水后，水才流进村内。通水后，村民轻松了，余金龙的事却多了，尤其在冬天，水管经常被冻破，平时也会堵塞或者因山体垮塌而中断供水。于是，一有情况他便前往查看，组织人员或自己动手抢修，直到重新通水。

和马朝林一样，他面临的还有将跑到村外的村民接回家等许多麻烦事。村民中总有一些不太安分的，在村中待久了，就会向往外面的世界，偷偷溜出村去，又因还未达到治愈出村的要求，并没有"出院证"。一旦有这种情况发生，就会惊动各方，他作为管理员，则首当其冲，日夜奔波，直到把人找回方止。他说，有个村民还曾经偷跑到上海，他们费了很大功夫才找回。当然，那时远赴上海寻找患者的，并不是他本人，但去接回到政府上访的村民，倒是常有的事。

村中人时有吵架斗殴之事发生，为的多是鸡毛蒜皮的事，也有争风吃醋引起的。每每这时，他就成了调解人，总是苦口婆心地劝说，直到双方和解。

当时，村中常有救济物资发放下来，他则负责调运和分配，尤其是发生活补助时，他得赶赴县城到民政部门领取，返回后再把现金发给村民，等他们签字认领后，又把"花名册"送回去，因交通不便捷，一来一往都十分费劲。村中出生的孩子，当时都未上户登记，也无人注意到那些事，2008年因汶川地震引起重视后，他又协助相关单位，逐一进行登记，让他们成了有户口的人。

| 最后的村落 与 爱心呵护的悲欣人生

原麻风村管理员余金龙（右）与三龙乡人大原主席陈平（左）在回忆麻风村往事（徐平摄）

进入21世纪，村民不断减少，村中留下的往往是无家可归或者不愿离去的老人，人数不多，最近几年已不足10个了。但人少并不等于事就少了，因村民年龄都已偏大，身体不好，谁都会有个三病两痛，陪他们治病、为他们送药也就成了余金龙的另一项事务，如2019年7月一位老村民出车祸时就是这样。

老人姓王，耳背，走到县城茂汶大桥时被车撞伤，送到医院后无人照顾，便给余金龙打去电话。一接到电话，他便和时任三龙乡人大主席的陈平一起赶赴县城。到达后，他们协调处理了事故，又从纳呼村聘请一人照顾了老人很长时间，直到其被治愈出院。这位老人本就多病，平时也经常住院，虽然医疗费全免，但帮其整理报账资料仍要花去余金龙许多精力和时间，有时，他甚至自己"破费"求得清静。如2021年，老人住院后产生治疗费4000余元，按规定报销后，他还想重复再报，余金龙反复劝说其也不听，纠缠不止，最后他干脆自己掏出500元，把事情解决了。

多年来，除了解决村中大小事务，他还为老弱病残者奉献着爱心，他在自己喂年猪的那些年，每年都要送腊肉给他们吃，十多年来到底送过多少他也记不清了，只回忆说，应该有百十来斤吧。

如今，余金龙的儿女都已长大成人，家里的地由妻子耕作，子女在外面打工，他则在三龙小学当厨师，同时照看自己的孙女，虽已53岁，依旧热情未减。采访刚结束，一大盆老腊肉就被他端上了桌子，让我们在酒足饭饱时，又一次感受到他那热情、大方、好客的性情。

2022年5月16日

深情民政人

在麻风村的历史进程中,始终有一个单位的一群人在为之付出,他们自建村伊始,便承担着保障村民吃、穿、住、行、葬等诸多任务,可谓事无巨细。在做那些关系到全县乃至整个羌族地区的"麻风防治"大业之事时,一任又一任科长、局长及相关工作人员前后"接力",于平凡的岁月中,谱写出了一曲感人肺腑的不平凡的歌谣。

这首歌悠扬动听,每一句歌词都是一个故事,它让我在回溯往事时,感到所有真情都已留在岁月中,但从何说起却又颇费周折,每一个经历者似乎都觉得那些付出都是应该做的事情,很多记忆早已还给了时间,能想起的事例和为之倾注的心血,都化为村史中的一束光芒。他们觉得,曾经照亮过那里就够了,老局长文良才就说:"好多事都已想不起来了"。

一部"史话"或者类似作品的完成,都是历史档案和口碑资料结合后,提炼出的成果。于是,我在查阅、采访、田野调查中,茂县民政人和麻风村之间的交集与历史脉络,便逐渐清晰了起来,有诗云:"一沙一世界,一花一天堂。"通过连接起来的一件件小事,也就能窥见半个多世纪里,民政人的精神与贡献了。

我采访的都是在县民政部门工作了半生或担任过领导的人,如老局长文良才、伍元瑜等。他们说,自麻风村建立伊始,民政部门就承担了所有管理责任,是麻风村名副其实的主管单位。建村时,民政人员就负责成立仪式、补助耕牛等诸多事务，过后，又围绕衣食住行，倾注着自己的满腔心血。

麻风村是以国家救济和生产自给相结合的方式存在的村落，救济是一直贯穿始终且繁杂的过程，仅救济多少、来自何处、什么时候发放等就足以耗去工作人员无数精力。对此，民政人员从建立村级组织入手，无论是成立"革委会"，还是选举"村委会"，派选管理员，统计当年收成并确定救济指标等，都做了大量工作。其中，在争取救济方面更是千方百计地满足着村民的需要，因为在当时，国家在很长时间里都处于困难时期，并不是所有救济都能按时、按计划下发，有些还得靠他们自己努力争取。

对此，他们提交的光是专题请示报告就有多份，有些仍保存在档案资料中。即使到了1987年他们仍于10月4日向政府提交了《关于请求解决三龙麻风村病员口粮指标的报告》。《报告》中说，村里的22人中，40岁以上的就有13人，又大部分病情较重，基本丧失了劳动力，导致粮食减产，基本口粮不足，请求政府按国家（1975）50号文件的规定，调节口粮1000公斤。

他们操心的事远不止这些，有些物资还需要自行筹集，在争取社会捐助时，他们甚至有过向部队求助的经历，如上世纪90年代，就争取到了四川省军区的支持。当时，他们主动向省军区领导杨志荣等汇报了情况，随后，麻风村便得到了被子、床单、衣服等物资捐助，而且持续了很长时间。他们中的许多人皆多次深入到村中，听取村民意见，收集问题，然后认真解决，特别是1980年后，随着村中住房及电影院等设施陆续建成，更是让村民的生活条件得到了质的提高。

平时，他们本着"好事优先"的原则，在发放救济、落实国家惠民政策时，首先想到的，总是那些特殊村民们。如在1999年首次落实城镇居民最低生活保障政策时，他们便将仅有的25户指标，划出16户给了留守村中的麻风病患者，让他们的基本生活得到了长期保障，第一次发放低保时，还举行了庄重的首发仪式。

村中的条件是一步一步地改善的。为此,民政人员总是绞尽脑汁地想办法,筹措资金。如1993至1996年间,一班人就立足于基础设施提升,组织架设了1200米电线,结束了全村用松光、煤油灯照明的历史。通电后,为丰富村民文化生活,他们又协调三龙乡电影放映队把麻风村纳入其巡回放映路线,在每年春节都会为麻风村村民放映2次电影。

建村后,下山的路因属于羊肠小道,又要穿过下刁花,很难走,而且还不方便,他们就争取项目,修建了1.2千米长的简易村道,彻底解决了村民出行难的问题。后来,因修了通村公路,这条村道很少再被继续使用,但在当时却起到了极大作用,至今仍留在山里,连接着山上与山下以及更远的世界。我想象着一群行动不便的人走在上面的情景,仿佛所有故事都隐藏在花草中,正被山风讲述。

20世纪90年代,民政人员为麻风村解决的民生问题还有人畜饮水。山中缺水,过去村民取水要到很远的下刁花。那里有口老水井,老局长文良才和伍元瑜说,村民需要水时,只能用桶背回,一去一回要走约1千米,仅从背水过程看,便可感受到其生活的难处。于是,在得到了县水利部门的支持后,实施了"饮水工程",1996年8月5日提交的《关于解决刁花村人畜饮水问题建议》里,便有向茂县水电局提出请求帮助解决水泥10袋、闸阀2只(15厘米)、水龙头1个、口径15厘米的塑管1000米等内容。最后,他们用千余米水管引出山泉,使其流进了村民的居所,至今仍滋润着麻风村人的生活。

期间,民政人员还彻底解决了村中最大的如厕难问题。这在历年的总结或报告中都有提及,问题虽在20世纪80年代得到了初步解决,但仍未完全满足需要,一知情人说,当时的厕所十分简易,不分男女,也没有门,如厕时极为尴尬。于是,在筹集到1200元资金后,男女厕所都被修建了起来,让作为人最基本的吃、喝、拉、撒、睡之需求的"最后一公里"被打通了。

村中事务千头万绪，诸如瓦房的逐年翻修、断电缺水等诸多问题都不断汇集起来，等着人去处理。有时，一遇到事，一些村民还会跑到县政府或相关单位去上访，如有一年，因药品未按时发放，有6个村民跑进县城里的相关单位要说法，了解情况后，民政人员便联系卫生防疫部门，又为其安排食宿，第二天还派车把他们送回了村中。

平时，民政人员还负责扶持村民生产，每年都会给予其类似化肥、耕牛等生产资料补助；遇到有人亡故，也会负责送逝者最后一程，文良才任局长的几年间，就为3人操办过后事。一些村民的性格不同于常人，比较偏激、古怪，那是在特殊环境里形成的，民政人员对此总能给予充分理解。他们时常进村开展调查工作，制定相应的规章制度，安抚情绪低落的村民，还要协调处理村民间发生的纠纷、矛盾等，一些时候，还要解答处理"上访户"合理或不合理的诉求。

他们为原刁花沟农户，他们的房屋和农田等在麻风村初建时都按当时的政策被征用，过程繁杂，因希望解决补偿等问题，他们一直在寻求有关部门的帮助。对此，民政干部便成了和他们面对面的第一人，直到21世纪前后仍是这样。民政干部认真接待，努力解答，进行了广泛的调查，早在1988年就形成了《关于三龙乡陈礼忠、蔡顺安等户房屋被茂县民政局占用的报告》。在试图让问题得到圆满解决的过程中，他们翻阅了大量历史档案资料，在1993年又向政府提出了《关于茂县1959年建立三龙乡刁花麻风村占用农户房屋遗留问题的请示》。

多年来，他们从不因恐惧而远离麻风村和村里的患者，竭尽全力地履行着自己的职责，历任局长几乎都上过刁花，进入村内和村民共处。一位老局长说，他有一次进村，见到一位老年妇女，因病重连腿都溃烂了，手指也严重变形，在感到短暂不适后，他的心情格外沉重，感觉肩上的责任也更加重大了。他说的这些，我能感同身受，虽说趋利避害是人的本性，但得看是哪些人，如你怀有一颗悲天悯人的同情心，也许就会跟这群民政人一样，竭尽所能去帮助村中患者，并且义无反顾，这于公或者于私，都成了他们必然会认真去做的事，并且一直都想做得更好。

对于麻风村的相关工作，从1959年至今，县民政部门已不知接力过多少人，仅1988年至2007年间，为之操过心的就有王润生、梁佰恭、刘元亭、杨代发、余佰安、文良才、伍元瑜、何文德、谢良友、王文平、陈顺贵等，他们有的是局长，有的是副局长或者党组书记，也有残疾人联合会副理事长。他们在任期间，或多或少都为麻风村做过各种事情。

而我没有列出姓名的，还有许多，他们为麻风村及村中患者所做的工作，无论大小都充满了温暖。我又想起那句"并没有什么岁月静好，是有人在为你负重前行"的话，心里感动起来。过往如歌，唯留真情从头说，他们的付出换来的是村民心中的感念，采访时，几个老村民都说了许多人的好，这就够了。面对这些和麻风村近距离接触并服务过村民的民政人，我收获的感动也远非这些文字可以表达，唯愿他们都一生平安。

2022年8月13日

留守村民
liu shou cun min

乐观者冯高兴

当麻风村的春天在2022年4月再次到来的时候，四周开出了花朵，活泛起来的青草绿树中，山雀忽起忽落，清脆的鸣叫声中，让人想到"鸟鸣山更幽"的诗句。这里处处都透出一个"静"字，村庄，连同它的田园、房屋、含苞欲放的李子树和人。

人是冯高兴，他独自坐在暖和的阳光下，像在思考着什么又什么都未思考的样子，身后那幢高大的楼房静默得像沉睡的石头，把一地时空也衬托得深远无垠。见我们一行人突然出现在眼前的坝子上，他站起来，显得有些吃惊，也不说话，听到同行的镇干部向我介绍说他就是冯高兴后，他才接话说："对，我就是。"握手时他又说："是个麻风。"随即独自爆发出一连串的笑声来。

此后，笑声便直到采访结束，都从未停止过，他每说到有趣的事时，都用响亮的笑声结束，好似生活从来没有不称心过，"乐观豁达"便是他留给我的深刻印象。

其实，每一个麻风病患者都经历过许多常人从未体验过的艰辛和不易，冯高兴更是这样。他出生时，正是1952年，他的老家富顺镇永城村烧房沟那时已开始推行"互助组"模式，一家人除了耕种分得的土地，也被分派参加集体劳动，一切都才开头，日子并不好过。

那年，阿坝州黑水县发生叛乱，冯高兴的父亲响应茂县政府号召，成了"支前民工"队伍里的一员。他随队伍赶赴黑水,牵着一匹马,跟随一位指挥员驮运物资,成天走在崇山峻岭里,于明枪暗炮中协助部队剿匪平叛。后来,他在一次战斗中大腿不幸中枪,简单处理后,便被送回家乡养伤了。当时,医疗条件极差,他回家后也不能只躺着休养,还得做各种各样的事务,最终导致伤口感染,又引发出其他病症,不久便离一家人而去了。

那时,冯高兴才1岁多,眼见一家5口人变成了4口,孤儿寡母的日子会有多难可想而知。随后的几年间,他和爷爷、奶奶、二爸一起过活,很小就开始下地劳动、做家务活,过早体验到了那个年龄不该有的艰辛。

8岁那年,因母亲改嫁到外地,他跟随母亲到了后父家生活,后父很能干,会通过"找副业"等方式挣些钱,但家里负担过重,他作为被称为"拖油瓶"的人,也就过得更为艰难了。他回忆说,小时候连裤子都没有,直到有一天他奶奶见他可怜,从供销社"扯"回3尺黑布,为他裁剪了一条小裤子,他才有了遮蔽物。

一个人的性格与好恶养成,或许并非都属先天所固有,更多是后来生存的环境造就的,冯高兴到现在仍乐于过独居生活的习惯,应该就是从那时开始形成的。他随母生活不久,本家一个担任大队干部的姐姐觉得他"造孽"(可怜),便把他带回老家,让他独自住在老房子里,在其亲戚的照顾下生活。于是,他便一个人在那个空荡荡的"家"里吃饭、睡觉,也参加集体劳动挣工分,小小年纪便过起了半个成年人的日子。

劳动中,他算不上全劳力,只能评到很少几个工分,因为在别人眼里,他只不过是一个乳臭未干的小孩,在分工时,他便多少会得到些照应,被安排做一些力所能及的活,如浇粪、点豆子等。他有时也和队干部"斗气",在劳动中显露出孩子淘气的天性。一次,他负责给庄稼浇灌粪水,要先把粪桶从地边拖到田里,才能浇到每一窝农作物。冯高兴人小力弱,挪起粪桶来十分吃力,可又有好几桶,眼看完不成任务,他觉得当队长的那个人在欺负他，便拼尽全力拖了一桶浇完后，悄悄把另外几桶推倒，让粪水流得到处都是。队长发现后很生气，但又拿他没办法，两人吵了半天，一气之下，队长又把状告到了大队长那里。说这事时，他边讲边笑，仿佛与自己无关，而是别人的一件趣事。

在他夹杂着笑声的回忆中，他童年的生活似乎充满了乐趣。那时的他也并不觉得自己的日子有多艰苦，就这样，他一天天长大了。

在他眼看快要长大成人时，身体却出现了与常人不一样的地方，如眉毛脱落、脸色赤红等，村人说他感染了麻风病毒，并开始有意无意地疏远他。随即，他就在全县进行的相关疫病调查中，被确诊为那时人人恐惧的麻风病。他说，已想不起自己当时是什么心情，对于到三龙乡刁花沟治疗，也没觉得有什么不好的地方，反正自己到哪里都是一个人过活，没什么大不了的。

冯高兴进村时，已进入20世纪70年代，他记得起身出发前，队上到公社为他争取了一百元迁移费、一床被盖，并安排一位叫姜木匠的人护送他，那人心好，一路照顾他。他们走土门河、翻土地岭，又过县城，用了很长时间才穿过岷江与黑水河谷，经过三龙沟到达了刁花寨。那次进麻风村的患者还另有一人，他们同属一村。那人好像姓黄，已在理县麻风医院治疗了一段时间，病已基本痊愈，他转入刁花沟后成了管理人员，并同时巩固治疗成果。

进村时，里面已住着40余人，大人小孩都有，他们住在原住民留下的民房里，地方不宽，但生活起居还是有一个相对独立的空间。村里按生产队模式管理，有医生治病发药，队长等社队干部负责安排生产劳动。那时冯高兴已是全劳力，每天可评到10个工分，又是单身一人，这使他分到的口粮、蔬菜和副业收入较为可观，日子并不难过。

冯高兴作为自幼丧父，经历过孤苦童年的人，在麻风村亲身感受到了国家的关怀。生活在村里后，总有东西发放下来，吃、穿、用的全有，还有犁铧等生产工具，他记得有一次政府还给村里发了500元，专门用于购买煤油、盐巴等物。村里的医生蔡光弟认真负责，热心地为他们治病，民政局一干人也热情服务，对他们十分关照。他说，自己现在仍能记起许多来过的领导们的姓名，有姓黄的、姓陈的，还有刘元亭、文良才、陈保长、王文平等，他们都很关心麻风病患者，时常进村，落实政策从不含糊。

生活在麻风村的岁月里，冯高兴在实行包产到户前，都作为主力参与到集体劳动之中，他和其他人一起耕种着村里的上百亩

至2022年3月，仍住在麻风村的最后一个村民冯高兴（梦非摄）

土地，种植土豆、杂豆、玉米、蔬菜，收获后便按人分配，有时产量还很高。他们每年都有数百斤口粮，欠收时也不会少，因为不足部分国家会以"救济"的方式补足。

他也会通过"找副业"挣些"零花钱"，方式是上山采药、烧木炭出售，很辛苦。挖回野生药材晾干后，或自己请假背到乡供销社出售，或请人帮忙销售，卖了钱就采买一些日常用品，而酒当然是不会少的。烧炭则特别累人，他同一些人到沟里砍下树木，然后在窑里烧制，夜晚还得守着，防止塌洞，否则炭就化为灰了。后来，随着天然林保护政策的实施，烧炭被逐步禁止。类似的事年年都在进行，他也好似乐在其中，"累"并快乐着，把生活过得也算是有滋有味了。

冯高兴在老家时，因调皮捣蛋，总和队长不对付，没想到在麻风村，他自己也当了几年队长，也有人和他闹矛盾，他也就和他们争吵不休，还打过架。当时，队长主要负责管理村中的日常事务，像指派劳动、安排生产、分发救济物资等，多少显得有些权力，特别是有些事得经过队长的同意才能进行，所以，想要与他竞争的便不是一两个人了。

他上任后，有一次组织集体劳动时，去喊另一个人出门，走到门口，见那人正在吃饭，那人听到他叫自己，也不说话，丢下碗就冲出屋子来了个突然袭击，把他按在地上，两人于是纠缠在一起，打了半天才被其他人拉开。

冯高兴说，那次他没有防备，所以没打赢，但很多时候都不是这样。听到旁边有人说他"吹牛"时，他说，争执的事有好几次，但都是自己赢了，说完又"哈哈哈"地爆发出了一连串大笑声，好像那些往事已变成了一段美好回忆。我相信那些事都是真的。他边笑边站起来时，戴着草绿色军帽，身穿军用衬衣，外套一件紫色毛衣，下穿迷彩裤、黑军靴，粗壮的身材，尤其是因"乐观"展现出的精气神，让他看起来根本不像一个已年过古稀的老汉。

说起做队长那几年，他显得有些"得意"，说当时除了粮食增产，畜牧业也发展得极好，在他的记忆中，村里有一年竟然养了200余只羊、20来头牛、约40头猪。过年或其他节庆时，村里都要杀猪宰羊，吃肉喝酒，邻村一些胆大的人也会上门喝酒吃肉，大家一起快活，平时寂静的山村每到这时便呈现出一片热闹与欢腾。

几十年来，冯高兴也离开过几次村庄，都是为了回老家走亲戚，一百多千米的路全靠步行，一走便是一两天。后来，他觉得反正回去也是一个人，就很少再回家了。有一次，他外出返回，走到刁花沟时，天已近黄昏，便坐在路边的一个岩窝里睡了过去，醒来后，发现天已黑透，四处像墨水一样黑得伸手不见五指，便没有再走，只坐在里边，像打坐的和尚般一动不动。当时,村民见他没有按时返回,十分紧张,以为他遇到了什么事或者偷偷跑了,便在村里村外到处寻找,但到夜深人静也不见其踪迹。那天,正好沟外的纳呼村放电影,一群小年轻便跑下山去凑热闹。看完电影返回时,一行人拿着火把或手电筒,东晃西照,正走得急,突然看见一个人缩在岩窝里,一动不动,他们以为见到了鬼,吓得魂飞魄散,正要逃走,才看清是他。后来,大家怪他搞恶作剧,但他认为只是一场误会,至今仍觉得十分有趣。我想,或许这就是乐观的人所具有的幽默天性吧。

包产到户后,他分到了六七亩土地,继续种植庄稼,日子并没有什么变化,只是耕作时,因集体劳动变成了个人劳动,少了些热闹。进入21世纪,国家实行"退耕还林",他积极响应,也退出一些地,在上面种树,但栽了几年都未成功。

再后来,随着年龄增大,体力总不如前,冯高兴便将部分土地租给当地人耕种,自己则收获一些租金,国家救济也未中断,日子依旧过得无忧无虑。随着光阴的流逝,村中人越来越少,到2000年时已不足20人,又过了10多年后,就只剩几个人了。

如今,冯高兴已是麻风村的最后一位村民,住在高大的楼房里,享受着"五保户"的待遇,每月都能领到国家发放的救济款750元。同时,他还自己种了些蔬菜,打理着7棵青脆李树,每年都有千把元收入,足以满足他的烟、酒、茶等日常的开支。

当然,也有挂念着冯高兴的人,那便是他的侄儿媳妇,据知情人说,她叫邓白玲,就住在刁花沟口的卡芋。那女子对他很好,有人讲可能是他前世修来的福,才有个胜过亲生女儿的人真情待他。邓白玲逢年过节都会把他接到山下,让他和家人或一起守岁过年,或一起共享亲情,平常也会在生活上照顾他。而我在这里把她的名字写出来,只是觉得凡是好人,无论是在史书里还是在民间的记忆中,都该被永远记住。

一个人住在村里,毕竟还是不能让人放心,仅管冯高兴说自己早已不习惯集体生活，喜欢独自清静，但民政局、沙坝镇、纳呼村干部还是多次上门，动员他去茂县养老院安度晚年，特别是在麻风村的另外两人均入住县城养老院后他们更是极力劝说他，但都被他拒绝了。后来，他们又找了一个人看护他，在他有个三病两痛时也好照顾并传递信息。他说，村中有房、有电、有水、有电视看，生活自由自在，医疗费、生活费有国家救济，这样的晚年本就是在安度了。

采访结束时，太阳已靠近龙池山上的峰峦，余光照在雪峰上，呈现出一片橘红，远山近地一片祥和宁静。我想，每个人都有自己的人生，像冯高兴，坎坷奔波与相对稳定平淡都是他这一生的经历，精彩与平淡也都是他的生活，是否被人理解也并不重要，面对生命中的幸与不幸，生活态度才是决定人生快乐与否的关键。

乐观的老冯不就是这样，让心安处即成为"家"了。

2022年6月10日

善言者文善思

在长时间的正面和侧面采访中,我发现在麻风村生活过的很多人,都有着或多或少的专长。他们或者会一门手艺,如砌石墙、犁地、烧炭、竹编、木工、种庄稼等,或者有力气,或者有口才。如果不是不幸感染了麻风病毒,他们每个人都一定会拥有更为精彩的人生,至少可在一方一地成为"出人头地"者,如致富能手、农村经纪人等。

文善思即是其中之一,他头脑灵活,遇事有谋略,胆大心细,尤其是口才极佳,属"善言"者。采访前,了解他的人就对我说,可以听他"吹"两天两夜。

他当然没有向我讲述这么长的时间,在茂县养老院的一间办公室里,我和他相对而坐时,他讲了整整一个下午,他说,我记,约5个小时才结束。

采访完后,他朝自己的宿舍走去,因早已年过古稀,他的背微驼着,戴一顶黄色军帽,穿一件深蓝色仿唐装上衣,给人干净利索的印象。他瘦削的身体支撑着一颗灵活的头脑,过去的经历都深深印在里边,使其讲述的往事像昨天才发生的一样清晰。

文善思属土地岭后的人,那里俗称"东路",土门河缓缓流淌,其老家就位于河谷之中,原属光明乡,今归富顺镇辖,村叫"中心村"。他说,自己出生的地方是一个小村落,叫"少冬窝(儿)"。我对那里也比较熟悉，那个村庄建在岭东山脚下，沟壑交错，地多为缓坡，至于"中心"，显得有点徒有虚名，因为无论从哪个角度看它，都离"中心"二字想距甚远。

文善思出生在1946年春，他说自己出生那天，正好是农历二月十九，传说是观音菩萨的生日，许多人都会在那天做"观音会"，以祈祷岁月平安。我想，在那一天来到人世，应该是有福气的，但文善思后来还是感染了麻风病毒，要说福报，应该是他入住麻风村后，在国家的关怀照料下才拥有的相对稳定的生活。

被生下数十天后，因母亲无奶水喂他，他便被抱养给了同村一户张姓人家。在那里，他一过就是好几年，直到养父家招了女婿，那人又待他不亲，他才重返家里。当时，他已6岁，时间应为1952年，两家人由新成立的"农协"调解，父母将收割的麦子卖得的60万元（旧币）交给对方作为"抚养费"后，才把他接回。

回家后，文善思有了生命中的第一个"贵人"，他称"幺爸"，是当地的先生，写得一手好字，平时常为村中孩子答疑解惑，后又做了村学校的老师，到21世纪寿终时，已是90余岁高龄。他跟着幺爸读书识字，时间虽然不长，却为以后的生存打下了基础。人都是这样，有时无意间的事也往往会为未来的经历埋下伏笔。于是他后来在麻风村生活期间，就成了村里极少数有文化的人之一，在做记工、统计人数、发放救济物资时登记造册等事务时，便显得得心应手，这是后话了。

他和父母一起生活到20世纪60年代初，母亲因病去世，把一大家子的事都留给了他的父亲，而2年后，父亲也离去了，他记得父母离世的时间分别是1962年和1964年。夫妻俩去世前共生育了10个子女，文善思排行第九，但因当时的生活与医疗条件极差，只有他和一个兄弟活了下来。父母离世后，兄弟俩一起生活；兄长参军后，他就一个人生活，过得十分艰难。

20世纪50到70年代，一切劳动都是集体性的，人们集体种田、集体放牧、集体养猪。文善思也很小就参加了劳动，刚开始他被安排给集体养的猪扯猪草，再后来又从事耕种等劳动，并很快成长为全劳力，一天可评到10个工分。

那时，全县时常统一抽调劳力突击某件事，他也常被选中，如20世纪60年代中叶，他便被抽调到洼底参加了茂县至黑水公路的修建。在工地上，他和其他民工一起架桥、抬石头，每天都卖力地劳动着，晚上则参加学习。因有一定文化基础，他学起来总比别人快许多，也能部分理解学过的内容，这让他受益匪浅，任务完成返回时，他被评为了"学毛选积极分子"。

当时，正值非常时期，他继续参加劳动，走着"中间"路线，不激进也不落后，保持着思想与行动上的中立，不批斗人，也不让自己成为批斗对象。因家中无负担，他"两只肩膀抬着一张嘴"，日子相对好过，如果继续这样下去，他应该也会结婚生子，像普通人一样生活。我想，凭他的勇气和机智，日子定会过得风生水起，幸福安康。

然而天有不测风云，人有旦夕祸福。文善思刚进入壮年，就递交了加入共产主义青年团的申请书，并获得了批准，青春和理想都显得朝气蓬勃。我想，他一定规划过许多生活远景，对未来充满了无限希望，但正欲奋起改写自己的人生时，他的身体却开始出现异常，麻风病的症状出现了。这让他非常失望和震惊，他回忆说，发病的时间是1972年下半年，他按要求到理县的麻风病医院检查并被确诊后，便不能（也不准）参加村里的集体劳动了，参加也不评工分，唯一的选择便是入住麻风村治疗。

第二年，他便连户口一起转入了三龙刁花沟。入村之后，他发现这里十分偏远，生产生活条件差，人们住在原住民的老屋或自行搭建的简易房中，感觉一时不能适应，便悄悄外出，让人生有了一段传奇般的历程。

在外出的几年间，文善思先后去过青海、成都、重庆、绵阳等地。去青海省时并不顺利，他爬上一辆货运火车，把自己藏起来，但还是在一个车站被发现了，钱未挣到，反被当作"盲流"。眼看要被遣送时，当地干部了解了真实情况，便买好火车票把他送到了宝鸡，让他自己回成都到收容站报到。

火车开到成都，他果然按要求去了收容站，并得到了妥善安置。在随后的几个月里，领导安排他煮饭烧水。那时生活紧张，他回忆说，按规定每人一天吃8两粮食，但"冷不死的是铁匠，饿不死的是炊事员"，所以他总能吃饱，偶尔还有肉吃。不久后，他又被送到了教养院，但因中断治疗，他的病情加重了。

后来，文善思还流浪到了重庆。当时还没有身份证，外出必须持有当地的证明，他开不了，常被视为"盲流"，这让他只能处处小心，既要谋生，又要东躲西藏，怎奈病情无法隐瞒，因无法买到麻风病专用药，症状日渐明显，他脸色赤红，皮肤上开始出现斑块、丘疹，四肢也不时麻木。坚持了一段时间后，他突然间心灰意冷起来，辗转跑到绵阳，在河边徘徊了一会儿，便跳入了涪江的激流中。

他跳河自杀时，正好有一艘运煤船经过。那时，虽然经济不好，但人们都善良，扶危济困、救死扶伤等美德随处可见，做好人好事更是众多人的追求。船夫听到响动，见有人跳江，立即采取措施，把他从水里捞了起来。他讲，自己被救起时已经昏迷，有人为他换了一身干衣服，又把他送到了派出所。警察了解情况后，本打算将他送到绵阳的麻风病医院，但根据属地管理的规定不合要求，就给了他10元钱和10斤粮票，并买好火车票让他回了成都，还帮他联系了四川省卫生厅的一位领导。

到成都后，文善思立即按事前安排来到四川省卫生厅，并顺利见到了相关领导。他说，记得那人好像姓冉，人很好，说自己已知道情况，还安慰他不要害怕，政府会治好他的病。过后，领导又打电话通知了茂县政府，随即茂县公安局、防疫站派出人员把他接了回去。接他的人一个是派出所的苟伯伦，一个是县防疫站的蒲国润。到了茂县，卫生人员又用救护车把他送到纳呼村卡芋寨，在刁花沟口，再由时任麻风村村长的黄天亮打着手电筒把他接到了村里。

进村后，文善思发现曾经与自己同村的几个人也在麻风村中接受治疗，还有来自邻村小关子的人。至此，他才知道自己所在的村落曾经是麻风病重灾区之一。

此后，他便在三龙刁花沟生活了下来，直到2022年初才离开。

说起这些时，文善思多次感慨不已，他在为自己的命运扼腕叹息时，又为在那些日子里无数关心和帮助过他的人感动，不时抬起手用衣袖擦拭眼里涌出的泪花。我想，正是来自国家的关怀和社会各界人士的无私帮助，才让他重新燃起生活的信心，最终有了在养老院不愁吃、不愁穿的安稳晚年。

在当"盲流"期间，做"小生意"是文善思谋生的主要方式。他在游荡中，为了生存总是绞尽脑汁，但那时管控严格，不允许市场交易，打工也不行，他便利用城市生活物资紧缺，乡村有土特产且需要换钱的需求，转到市区周边的农村收购鸡蛋，活动范围到达了眉山、仁寿等地区，每天可购得数个或10多个不等。

买到了鸡蛋，他将它们带回城里，在平时常去喝茶的茶馆里，借用老板烧开水的茶炉子煮熟，又在夜间跑到火车站贩卖，一个鸡蛋可卖好几角钱，中间产生的差价就成了利润。有时，他一天可赚好几元钱，无意间竟成了城乡商品交易的中间商，但当时不那样叫，而称"倒爷"，被查获会定为"投机倒把罪"，轻者罚款拘留，重者判刑。所以，做这一切时，他总是悄悄进行，也许是运气好，从未被抓住过，但即使诸事顺利，日子也过得提心吊胆的。

贩卖鸡蛋时，他又发现了一件利好的"生意"。当时，到馆子吃饭得有粮票，粮票又分两种，地方的和全国通用的，当然全国粮票最管用，有些人即使身上有两三块钱,但若没有粮票,仍然连面条都无法买到一碗。他经过观察,发现在火车站内可以买到不收粮票的饼子,便在一些时候买一张站票进入车站,买下数块饼子,再拿到车站处出售给有钱无粮票的旅客,一块饼可多卖两三毛钱,一天下来都有三五元收入,他说,运气最好时,一天还能挣个10多块钱。这在当时已属高收入了,许多人1个月的工资还不到30元。

文善思回忆,他还倒卖过粮票,将私下收购的湖南、四川等地的粮票置换成全国粮票后,偷偷带到其他地方,卖给需要的人。为此,他还跑到过云南、贵州等地,他说好似还到过新疆,这我不太相信,毕竟路线太长,但他为了"做生意",到过很多地方确实是真的,毕竟地方粮票和全国粮票的差价每斤有好几角钱,利润极高,我想他一定是赚到过不少钱的。

1978年,文善思被茂县派人接回后,开始老老实实生活在麻风村里。他说,自己进村时,村里好像有50来人,这和史志记载的差不多,《茂县民政局志》中记载的人数是43人,其中,残疾者约10多人,全劳动力有30来个。在村里,他先是住在一陈姓原住户留下的房子中,后来也住过自己修建的平房,那房子只有一层高,很小,由石头、泥土和木料建成,村里给他记了150个工分作为建房补助。再后来,他又住进了木楼里,最后又搬进了高大的钢筋混凝土楼房里。

在村里,接受治疗是村民的日常事务,他每年都要接受3次检查,有医生打针、发药,所有治疗都是免费的,这让他得到了有计划的科学医治,病情开始好转。他也参加集体劳动,按队长的指令做工,一天可得10个工分,于是他年复一年地播种、收割,也喂养猪和牛羊。早些时候,村里开设过伙食堂,后来就各自为"家",自己煮饭了,他也一人煮饭一人吃,许多个日子也便将就着过去了。

在包产到户前几年,他还做过计工员和队长,读过几年书的优势便在

生活在茂县养老院的文善思时常沉浸在对往事的回忆里（梦非摄）

那时显露出来，让人觉得他后来经历的，也许在以前的某个时候就已埋下伏笔了。做记工员时，他除了要记好村民们每天出工的情况，按月统计公布评分结果，还要负责发放国家救济物资时的登记、造册、计划等诸多工作。他说，发衣物等物资时，有时不好量化，如被子、衣裤等，部分由社会捐助，质量、新旧程度不同，把不好的分给谁都不合适，因为谁都想要最好的那些。他便和队长一起，将物资进行搭配，分成若干包，编上号，再做一堆写有相应号码的纸团，让村民们抓阄，抽中哪包就得哪包，矛盾也就解决了。

20世纪80年代，他由村主任和民政局领导安排，还承担过队长的职责。那年刚好风调雨顺，粮食增产不少，他也就有了许多威信，讲述时，他脸上露出满意的神情，这是少数他引以为傲的经历之一。在偏远深山，40余年日复一日的单调生活中，想活出点精彩都难，而作为一个特殊村子里的特殊村民，承担着一定职责并履行得很好，也确实算十分光彩的事了。

村里人多，自然嘴就杂，所谓"有人的地方就有江湖"，如果说他们之间始终一团和气，那便不是真实的历史。患者与患者之间有着各种各样的矛盾纠纷，有着各自的盘算和私心，甚至吵嘴打架。文善思是走过"江湖"的人，见过世面，但从不刻意展示自己的脾气，一般不与人为敌，只在被"逼急"了的时候才出过一次手。

那次打架既属偶然也属必然。他回忆说，有个村民身强力壮，但不愿在劳动中出力，却时常到山边砍木头，在山中，他为了生火方便，还将农田边搭建的草棚子拆除了。棚子是用来防守野物的，搭在山中的田边地角，因为到庄稼快成熟时，野猪、老熊、猴子、豪猪、土猪子（猪獾）等都会在夜间溜进地中偷食，如不防守，一年的辛劳就会白费。于是，村民们一到即将收获的季节就住在草棚里，生起大火，不停地喊叫，以赶走动物。每到夜晚，山野中便篝火点点，吆喝声此起彼伏。我也有过相同的经历，回想起来时，心中依旧会泛起无尽的乡愁。

对那人的不满在他的心中积压着，一天清晨，因为一场雨他终于爆发了。据其单方面回忆，村里建起楼房后，原来的老房子就用来关养牲畜了，到了夏季，雨不停地下，村里就出现了灾情，关牛羊的圈墙倒了，压死山羊数只，那人把羊剥皮后，想私自吃掉。文善思前去制止，那人就出手打他，并一直追着他跑回自己的房间后，仍不停手，他在盛怒之下抓起一把刀刺伤了那人的胸部。事后，来了不少人，包括伤者的家人和亲戚，了解情况后，却未说什么，也没有把他怎么样，之所以这样是因为那人的亲戚、老乡都讲道理。后来，沙坝派出所的警察赶到，经协调双方达成了谅解，事情也就过去了。

发生上述事件的时间是1983年，文善思说好像是农历六月初，讲述时没有带着点滴的情绪，如在说一件不经意间发生的往事。这件事和他无数的经历一样，都成了遥远的回忆。如今一同生活过的村民们有的回乡了，有的因各种原因离世了，依然活在世上的已经不多，所有恩怨都成了过眼烟云，还有什么事值得耿耿于怀呢？

所以，文善思讲得更多的是他自己和帮助过他的人。他说在村中感受过很多温暖，有许多人为他们无私付出，如医生蔡光弟、苏绍先，管理员马朝林、余金龙等，都对村民很好。他们始终保持着一颗善良的心，年复一年地做着关爱麻风病患者的事，至今仍感人至深。

麻风村实行生产承包责任制后，土地被分到各人名下。文善思说，他自己也分得了耕地5亩左右。后来，他将部分土地进行了"退耕还林"，在其余地上栽植了花椒，也种植土豆等作物，收获并出售后的收入用作生活开支。又过了许多年，他已年迈，无力再继续耕作，便将土地"流转"给了当地人，每年收取1300元租金。

同时，国家对麻风村的救济也从未中断，民政部门通过以前的三龙乡政府、现在的沙坝镇政府，总是按时将物资或现金发放下去，每年都一样，有食用油、米、面、衣物等。村民生病时，医药费也能全部报销。

进入21世纪后，村中人越来越少，有的病愈后早已返乡，有的离开了人世，最后只剩文善思等3人了，而且都是高龄老人。他们住在宽畅的楼房里，整栋楼里好像都充斥着岁月的沧桑和寂静。他说，在早些时候自己本可以回乡的，但因为有些文化，村里就让他留下来帮着做些事情，没想到一留就留到了现在。而我觉得他未能返乡一定还有其他原因，只是他不愿说，我也不忍心追问。他至今仍孑然一身，故乡就在土地岭那边，却好似遥不可及，一切都只能装在心里，所有的故乡场景也都只能在记忆中回味，那是否是一种藏在内心深处的痛呢？我想应该是的。

2021年，因年老的身体已很难再出入于刁花沟的村庄，他便在县城租了1间房，每月租金240元，租期为1年。这让当地镇政府、民政部门的工作人员都放心不下，多次上门看望他，动员他到养老院生活。于是，在房子租期满后，他便于2022年3月21日住进了位于凤仪镇静州村的茂县养老院，开始了新的生活。

在养老院里，文善思除了和其他"养友"还处在磨合阶段外，总体还算满意。院里有好几个管理员负责照管老人们的日常生活，有炊事员煮饭，一日三餐，早餐有包子、鸡蛋，中午有肉。生活有了保障，他不再操心每一顿该吃什么了，和住出租屋时相比，饱一顿饿一顿的情况已不复存在。他说："你看，我脸上都有肉了。"他还说院里的管理员不容易，还要照料瘫痪老人。说完，他眼睛望着前方，像被感动了的样子，很久都未再说话。

在我采访完即将离开时，他又说起了他的家乡。他说，老家已无人居住，也不知原来那座瓦房怎么样了。我想安慰一下他，却找不到合适的语言，原来故乡始终装在他的心里，回得去回不去都是一种情结。而我却略知那里的情况，可谓今非昔比，一切都已好起来，兴起的多种产业正把富有带给纯朴善良的村民们，邻近的上关子村新近打造的那片百合花谷，又到开花时节了。

日子不管好坏，都挡不住时间的流逝，经历过那么多的文善思，77载岁月的阅历已显得如此丰富。他是一个不幸的人，得了曾让人畏惧不已的病；他又是幸运的人，得病时赶上了一个新的时代，使他躲过了被赶入深山自生自灭的悲惨命运，尽管具体到个体的人生，喜怒哀乐都唯有自己知道。

总之，他的感受和积累于心的情感只有他自己知晓，别人很难完全理解。我经过采访并梳理出这些文字之后，也未能理解多少，唯愿他从此拥有一段安宁美好的余生，就让那些回忆与沉思，伴随并丰富他宁静的养老院生活。

2022年7月5日

老病号王沉默

说王沉默是"老病号",是因为从进入茂县养老院开始,送他到医院检查治病就一直是工作人员最主要的事情。

作为麻风村的最后3个村民之一,他已是85岁高龄,言语不多,给人与世无争的印象,加之他耳朵有些背,听不清别人说什么,也就很少与人交流了。所以,在村中共同生活的人中,他算是一个沉默者。

我在对麻风村历史资料的调查整理中发现,王沉默虽是村民,却没有住在村里,三龙乡的一位老干部说,他又在县城住院了。这便给我走访带来了很多困难,而他又是必须要记载的对象,否则这部"村史"就会显得不完整。因此,我虽产生了畏难情绪,也知道会耗去不少时间和精力,还是决心坚持到底。

从开始联系至收集到相关资料,也确实费了许多周折,我去了麻风村好几次却都因他在医院治病而使采访落空。等他住进茂县养老院后,新冠疫情又不断反复,院方也有自己的严格规定,不允许院中老人与外界接触就是其中之一。直到我采访到相关情况时,已过去6个多月时间。我将收集到的素材与侧面调查得到的资料结合,才厘清了他的生平故事。

进麻风村前,王沉默住在原永和乡(今渭门镇)永宁村勒窝儿,他个子高大,劲头十足,是一把劳动好手,如不是感染了要命的麻风病毒,也一定会和众多人一样,早已致富奔康,儿孙满堂了。

他出生的地方人们习称"四组"或"四社",位于高半山上,几片坡田分布在寨子四周,人们住在石头屋里。长大后,他到今纳普村下杜米与一女子成婚,在她家做了"上门女婿",后来麻风病发了便重回老家,再后来就进三龙刁花沟了。

这些情况是渭门镇永宁村的一位老人讲的。当我费了许多周折,在当地镇村干部的帮助下打听到这位熟悉王沉默的老人时,才发现他也已是80多岁的高龄了。以前,他和王沉默同属一个村(社),那里地域很大,由今永宁村和纳普村组成,被称为"岷江四社",他们彼此较为熟悉,经常一起开会,参加集体劳动,在同一块地上播种青稞、麦子、荞麦、玉米、土豆等。劳动在社队干部的安排下进行,两人也曾共同耕地、背粪,虽谈不上知根知底,但他对王沉默到麻风村接受隔离治疗前的经历,还是知晓不少。

他回忆说,他们很小就认识,都是1938年生的人,算起来虚岁已有86了。两人小时候都未上过学,经常一起玩耍,上山拾柴,到树林中收集积肥的落叶。王沉默家有4口人,由父母和兄弟俩组成,属贫农,除了生活相对困难外,没经受过太多磨难,其父是个手艺人,会做木工,这在当时是一件极好的事情。

到下杜米生活不久,王沉默的麻风病开始发作,慢慢地就有明显特征显现出来,只好离开妻家,返回自己的老家生活。那时,三龙刁花麻风村还没有建立,麻风病患者只能自行治疗,但效果不佳,往往只能自我隔离、自生自灭。

所以,返回勒窝儿后,他也不能住在家中,寨里人也因感到恐惧而不愿与他一起劳动,在路上遇见他也会远远地躲开。于是,他单独搬到了寨旁的山中,那里地势偏僻,羌语地名曰"古怪",家人帮他搭了个土棚子作为临时居所。棚子很简陋,由几根木头,上覆草,草上盖土建成,类似于当地人在秋收前搭在地边驱赶野兽时临时住的窝棚。他搬进去后,直到麻风村建成开始收治患者时才离开。

住窝棚期间,他独自生活,一人劳动,极为孤单。平时,生活所需都由家人送来,如玉米面、肉、蔬菜等,送来时家人也不与他近距离接触,只放在外边让他自己去取,饭也是他自己煮来吃。这就让他几乎没有机会和其他人交流,只能默默地打发日子,劳动时也在划定的区域单独进行,人们都有意无意地回避他,让他感到很无奈。我想,人是群居的动物,长时间一个人生活,内心会有多么煎熬呢?他只能远远地看着寨里人或家人,只在家人送东西时才可以说几句话。山林寂静,唯有雀鸟的叫声和野兽走动的声音,他时常陷于孤独和无助里。一个人得具有怎样的定力和坚强才能挺过那样的时光?而这些经历,或许就是他后来不善言谈,时常沉

收养麻风村最后两位村民的茂县养老院一角(梦非摄)

默不语的原因之一吧。

进村治疗后，据说他就再未返回过自己的家乡，也有人说他回去过一次，但和妻家基本断绝了来往。他家的老房子早已垮塌，只剩一片废墟，至于他的土棚子，自搭建起来就几乎没有人去过，当地人称"癫子房"，大人小孩都不敢去那里，许多小孩连附近的水也不敢喝。

而今，他那早已坍塌的"家"，被风吹雨打后，已融入一片蒿草之中，所有的往事已沉寂在岁月深处，唯有山风曾经看见过当时的点点滴滴。面对那片荒野，再多的感慨都已无济于事，唯经历者才知道个中的酸甜苦辣。他老了，许多记忆早已被遗忘在了岁月的河中，留存在岸边的，只是不多的几块卵石，他带着它们，生活在养老院里，被人照顾着，并作为高龄老人享受着国家的敬老政策。因久未回家，家乡人知道他还健在都很意外，我调查走访时，就有人吃惊地说："哦，王沉默还活着？"

这当然得益于他所处的时代，也是政府对麻风病进行有效防治的结果。如果没有建立麻风村，没有相应的政策和救助举措的实施，他又会有着怎样的命运呢？我想，大概不会是这样一种安稳结局吧！

说起他是何时何地感染的麻风病毒时，王沉默自己也说不清楚，我却认为就是在当地，因为永和沟在历史上就属于全县麻风病重灾区，现存的档案资料显示，到麻风村里治疗过的人，有一部分就来自那里。何旺兴老人说，以前得病的人较多，他记得的进过麻风村治疗的人就有10多个。今天，麻风病已销声匿迹，曾经横行霸道的病毒也不知消失在了什么地方。当人们不再面对这种传染病的威胁后，身心轻松，放开手脚发展生产，大步走在致富路上。我想，这也是半个多世纪以来，传染病防治工作成效在羌族聚居区的最好见证了。

进入麻风村后，王沉默就一直生活在那里，从1959年初至2022年3月，转眼就是60余年，按民间说法，已整整一个"甲子"。当时，他还很年轻，和其他村民一样，生产、劳动、吃饭，接受着治疗，怀揣着希望，渴望康复后回家。只是他一进村就没有回去，让自己住成了"村龄"最长的人，让人感到他本身就是一部活着的麻风村村史，只是他已将记忆藏在了时光中。期间，他目睹并经历着村中的喜怒哀乐，看着一茬茬走进来又走出去的人，活着活着便把自己活成了麻风村年事最高的村民。

到了21世纪初叶，他虽已病愈，却无处可去，便留在村里继续生活，并被列入"五保户"，享受着国家救济，住在震后重建的大楼里，于日升日落间打发着一年又一年时光，到他走出去时，已变成了步履蹒跚的老人。随后，他离开那条溪沟，走向城市，在热闹与喧嚣中寻求另一个安身之处。他住在出租屋中，饱一餐饿一顿，生活极无规律，活下去也变成了困难的事。

住在出租屋期间，他经常生病，时常住院治疗。那时，当地民政人员和他所属的乡镇、村便承担起照看他的义务，有很多乡村干部都曾出过或多或少的力，像管理员余金龙、原三龙乡人大主席团主席陈平等，对他都有过付出。

在2022年4月前，因为其经常住院，由此引发的各种事情也时常出现，相关人员除了帮助他治疗老年人的诸多常见病，还要协助他处理一些意外发生的事，如2019年7月发生的车祸便是其中之一。当时，他走到城中的茂汶大桥时，因耳朵不好，不知后面有车，一下子就被撞进了医院。入院后，因无人看护和办理相关手续，他便打电话到乡上，说是按"属地管理原则"，要他们立即前往解决。于是，陈平和余金龙立即动身，赶到医院看望他，又从纳呼村请了专人陪护，随后，还到交警部门协助处理了事故，为他办理了入院和出院手续。

他时常到兴富医院等医疗机构治病，费用当然由国家承担，入院后的治疗费也全免，有时一次便需要几百上千元。原麻风村管理员说，2021年他有一次住院产生的费用就多达4000多元。

2022年3月下旬，王沉默入住养老院，管理服务人员为他付出的心血比任何人都多。入院时，他们便基于其耳朵不好使，年事又高等情况，专门把他和一位相对年轻、心肠好、有耐心的"院友"安排在一起住宿，请其在夜晚予以照顾，如有意外发生，也好及时通知管理员处理。

人一旦置身于新的环境，都有个适应过程，对于一位80多岁的老人来说，更是这样。在被当地镇村干部送入养老院前，王沉默已独自在外生活了很长时间，他或生活在麻风村里，或在县城租房居住，自由自在惯了，进去后面对一些规章制度便不太习惯，虽说没地方可去，但他一生起气还是会闹着要走，甚至骂人，大发脾气。对此，院方总是开导他，通过安慰和劝说让他平静下来，还给予他特殊关照，比如针对他病多、体弱等情况，就时常开"小灶"为他做"病号饭"，每餐都由专人送到他手上。

人一老往往就会多病，茂县养老院院长余保利说，王沉默时常头痛、肺部不适，一发作就需要送进医院，稍一严重还会惊动县民政人员和其户籍地镇村干部。他常住的医院主要是茂县人民医院，自其入住养老院以来，他的住院次数月均有2次之多，仅5个多月就已进了10来次医院，一次便是数天或10来天时间。住院期间，养老院派出1至2人看护他，每日为他送饭，病好后，又帮他办理各类手续，结算费用，报销账目，这对于只有13名工作人员却要照顾64名老人的养老院来说，确实是件极不容易的事。

有时还会出现一些意外情况。2022年7月的一天中午，他正躺在凉亭里休息，也不知什么原因，与坐在对面的"院友"发生了争执。那人也是80余岁的老人，突然操起一根木棍，冲过去便朝他劈头盖脸地打了下去，据目击者说，总共打了好几下，到拉开时，他已被打得满脸是血。工作人员赶紧将他送入医院，经检查才发现其面部骨折，牙也被打掉了，嘴唇开裂，医生见伤势严重，便要求他转院，用救护车把他送往了成都，在四川省人民医院治疗了一段时间。

在省医院治疗期间，养老院仍派人住在那里看护他，即使他时而发脾气、骂人，派去的人仍像对待亲人一样照顾着他，让知情人非常感动。待他伤势转好后，他们又把他护送回县，在县医院继续治疗了7天后才接回养老院里继续管护。在我采访前，他又住了一次院，因其耳背又不爱说话，我只得从知情人那里侧面了解更多情况。

如今，经历了坎坷人生的王沉默仍住在养老院里，里面还住着其他许多孤寡老者，他们都属"五保老人"，在吃、穿、住均不用犯愁的生活保障下，安度着余生。作为体验过生活百味的老人，王沉默更多时候都沉浸在自己的回忆里，他走过的路漫长而曲折，在无后顾之忧后，剩下的日子是否会宁静祥和呢？

我想会的，因为牵挂他的，还有沙坝镇和纳呼村的干部、民政工作者、养老院工作人员等许多人。他们无时无刻不承担着监护人的责任，把他的冷暖放在心上，让无数汇集的爱心支撑起了他的晚年生活。

2022年9月15日

回乡生活

hui xiang sheng huo

| 最后的村落 与 爱心呵护的悲欣人生

杨逢时的朴素人生

当我和杨逢时面对面坐在一起的时候，天空突然落下了几滴雨，这让我们把小板凳移到了屋檐下。他靠着一堵老墙淡定地坐着，让我不太相信他就是一个曾经的麻风病患者，其神态、外表、言行举止都没有丝毫患病留下的痕迹。他身材高挑瘦削，虽已73岁，却仍带着与生俱来的随和，被岁月打磨后的平和以及随遇而安的心境，使他并不富裕的生活多出了几分亮色。

他所在的地方属黑虎镇的一个高半山寨，是黑虎沟内有名的"阴山三寨"之一，曾发生过被载入史册的"脱土归州"事件。那时，这里归岳希长官司统治，土司的残暴与人们对"大朝"的向往，促使他们产生了摆脱土司统治的强烈愿望。于是，人们组织起来，分别于清光绪二十四年（1898）和民国三年（1914）赴茂州府、成都和茂县公署陈情上访，最终摆脱了土司统治。

此后，这片村域被纳入了中央政府的管辖范围，经济社会开始缓慢发展，尤其在1950年及改革开放后，村里发展多种经营，大力转变生产方式，国家也不断投入基础设施建设资金，生产生活条件由此得到了极大改善。我去时，恰逢4月，山野春意正浓，坐落在半坡上的寨子，红瓦石墙，错落有致，人们生活在石头修建的房屋中，传承着千年的风俗，这里的羌族风情独一无二。寨子周围遍布的田野生机勃勃，郁郁葱葱的李树开满了

杨逢时（右）返回老家后的晚年生活（徐平摄）

洁白的花朵，树下是新铺的地膜，泛着莹莹的光，种植蔬菜的村民忙碌于田间地角，给人一种田园牧歌的景象。

杨逢时就生活在村中，房子建在半坡上，与邻居隔墙相望，他说，自己的房子是2008年"5·12"汶川大地震后重建的，原来的老屋毁于地震，房顶塌下来，将所有的生产生活物资都埋在了下面，是前来救援的解放军帮忙挖出来后，日子才得以持续下去的。后来，他利用国家重建资金补助，又用石头、黄泥、木材新修了房屋，面积不大，只有一层，分隔为数间，作为卧室或厨房等，屋内陈设简朴，保留着传统的火塘、铁三脚，老两口居住其中，岁岁年年过着简单的生活。

杨逢时患病时，还处于大集体时期，日子过得还算可以，其父自20世纪50年代起就是村干部，被村民称为"社长"。其实，那时的村称"大队",他父亲应该任的是"大队长",管理着村中大小事务,包括组织社员出工、安排计划全队的农业、畜牧、副业生产,还要抓运动、召开会议、宣传方针政策。

因身体无异常感觉,也没有产生疼痛,他并不知道自己染上了麻风病,如常人一样结婚成家,靠劳动吃饭,并养育了4个女子,直到有一天进村主抓社会主义教育运动的驻队干部对他父亲说:"你娃儿有些不对劲,可能得了麻风。"这时,人们才发现他有些异常。这让他无法相信,他回忆说,当时并没有外出过,就在队上劳动,也不知那病毒是从哪里来的。而他所在的黑虎沟,也没有其他人感染过,志书记载与民间传说中得麻风病的,也再没有第二个人。

有患病的征兆,就得去检查确诊,他便和父亲一起走了20多千米小路赶赴县卫生部门检查,医生会诊后说确实是感染了病毒,要求立即治疗。治疗的方式有两种,一是就地医治,但花费极高。医生说,所有家产用完都可能不够,要知道他家当时一年到头也挣不了几个钱,一天的劳动所得不过八分钱或一二角人民币;二是到三龙麻风村集中观察治疗,费用、吃住、日常开支都基本由国家承担。考虑了几天,他最终选择了后者。

那时,已是20世纪70年代末,历史正欣开新的一页,改革开放的春风开始吹拂神州大地。他作为女儿们的父亲,一直通过参加集体劳动的方式,和妻子一起,挣工分养活一大家人,所以,选择离家就显得万般无奈和依依不舍,他在妻子和女儿们的目光中一步步向山下走去时,心中充满了歉疚和牵挂,也带着对于未知的迷茫、不安和焦虑。

杨逢时入住麻风村时,还无乡村公路,即使在茂(县)黑(水)公路上,也无车可赶,一走便是一天。他一大早出发,30余千米路走下来,到达刁花时天都快黑了。当时,麻风村收治的患者仍有20来人,有老有少,有男有女,村中的2名医生又兼任管理员。他到达后,也负责一些管理事务的蔡医生的妻子对他说,他并不严重,要和其他人保持距离,不能过度接触,要注意保护自己,以免造成再次感染,好早日痊愈。

在村里,他住在新建的一幢木楼里,患者们一人一间,大家除自发组建的"家庭"外,都单独居住,自己煮饭自己吃,多少显得有些孤单。村中有几十亩地,按生产队方式管理,队长、社长都由村民推举产生,他们组织村民春种秋收。他便在管理者的安排下从事生产劳动,养猪、喂牛,种植玉米、土豆等农作物,还要采药、伐木、打柴、背水,日子也算忙碌。

庄稼有了收成后,分给村民各自食用,民政部门则按政策规定,定期下发救济或补贴,有米、面粉、钱,也发衣服、被褥。杨逢时回忆说,冬天还发军大衣,质量很好,草绿色,穿在身上非常暖和。

他在麻风村一待就是数年,至于准确时间,已想不起来,他说自己在一次劳动时不慎摔倒,脑壳受了伤,可能影响了记忆力。他在麻风村待的时间虽然不长,这里的生活却成了他一生中最难忘的经历。他讲,在村里,除了参加劳动、吃饭、睡觉,就是通过吃药、打针治病,针也不是天天打,有医生安排。他说有个姓蔡的医生很"仁义",对病人都好,人也怪,到县城从不坐车,现在仍能想起他的许多事情。平时,村里的生活也不是外人想象的那样完全与世隔绝,村民在冬天也会上山打猎,与当地人交往,日子相对轻松。

当然,对于杨逢时来说,他还多了一件事,即隔一段时间就要申请回家看一下妻子和女儿。在他成为特殊村民时,家中4个女儿最大的12岁,最小的才5岁,靠其妻一人挣工分养活。他妻子每天早出晚归,一天挣8到10个工分,日日出早工,夜夜上晚工,但家里依旧生活困难,粮食不够吃,母女几人只能时常用土豆等蔬菜填饱肚子,把"菜当三分粮"过成了常态。

因此,他便在农忙或有其他事时,申请回家帮上一把。回家时走路去,返程时又走路回,来回70多千米,他得走整整2天,到家后,他又竭尽所能地劳作，很是辛苦。

好在几年后，他经过严格筛查和诊断，确认痊愈，便带着村里颁发的"出院证"走出刁花沟，结束了在麻风村的生活，他也因此成了在麻风村待的时间最短的村民。

他回家时，村里刚实行联产承包责任制，土地已分到各家各户，因分地时以户籍所在地劳动力为基数，所以没有他的份，但村里见他已回来，迁至麻风村的户口也转了回来，就把留下的地分给了他，共1.4亩。这样，加上已分的，他家就有了7亩多承包地，它们分散在不同的地方，成了一家人赖以生存的生产资源。

有了自己的土地，他更加精心耕作，在地上种植玉米、小麦、土豆以及各种豆类，一年可收获粮食一二千斤，土豆数千斤，吃饱饭再也不成问题。他日出而作，日落而息，把收获的土豆背到山下换取大米，用多余的粮食养猪，一年一头或两头，除部分交售国家外，都自家食用，让日子多了许多肉味。

后来，政策越来越好，随着越温工作、脱贫攻坚的实施，村里的生产生活条件快速改善。在科技兴农中，他也学会了地膜栽培技术，使粮食产量大幅提高；在进行产业结构调整中，他在地上种植李子等水果，或栽植蔬菜等商品作物，经济收入逐年提高。同时，国家还减免了农业和特产等税，使他和村里其他人一样，轻装上阵，一心一意勤劳致富，分享着新农村建设的成果，饮用安全水，走水泥村道，有电照明，有电视看"新闻联播"。

如今，他和年长3岁的妻子单独生活在于老屋基址上重建的房屋中，除大女儿不幸患病后，花费几十万元仍不治离世外，其余3个女儿都嫁给了本地人，离他并不遥远。他身体已大不如从前，又年已古稀，气管炎、低血糖等疾病让他不能再劳作于田野，因怕突然晕倒也不敢一人走远，时常还得住院治疗，好在已参加"新农合"，有医保，医疗费用可部分报销，安度晚年成了最重要的事情。

杨逢时作为曾经的特殊村民，回乡后终于过上了平静的生活，曾经历过的无数坎坷都化为了回忆。他说现在记忆力不行了，许多事都已忘却，能记住的只是一些片断，包括在麻风村的日子。现在，他家的承包地由女儿耕种，她们也各自有了家庭，靠地里的收成和外出打工的收入，养育着他的8个外孙，他和妻子也算是儿孙满堂了。

老两口如今主要靠为数不多的养老金维持生活，女儿们也会不时补贴如肉类等生活用品。在他家里，房梁上挂着几吊腊肉，杂物堆在一间屋子里，堂屋的火塘边横着几根板凳，屋外是堆放整齐的干柴垛。

采访结束时，他站在门前，经历了沧桑的身影立在石墙与石墙之间的巷道中，让人感受到光阴的无情与无奈。每个人皆有自己的人生，残缺或完美都是一辈子。他那平和的面容与顺其自然的心态，是否也是源自对生命意义的理解与感悟呢？

愿他的晚年生活宁静安康。

2022年5月5日

| 最后的村落 与 爱心呵护的悲欣人生

随缘人唐勤奋

这里的"缘"是"命运"的意思，大凡人的一生，无不被那根看不见的"命运之丝"牵着，或主动或被动地向前走去，有时是身不由己，有时又遵循着自己的意愿行事。唐勤奋就是这样的人，生活在云朵上的羌寨，娶妻生子，凭着勤劳朴实的美德和坚忍不拔的精神，艰苦创业，勤俭持家，过着和众多人一样的平常生活。他随缘而动的经历，让我感受到他既顺应自然，又充满抗争的人生态度。

唯一与常人不同的是，他是出生在麻风村的孩子，这和麻风村的其他村民相比尤为特别，那些染病的人是在走进村庄后，才升起了新的希望；他则是在走出来后，才开始创造自己未来的生活。

唐勤奋于1965年5月来到人世时，麻风村仍处于较困难的时期，尤其是居住条件极差，房屋十分拥挤、简陋。其母姓谢，来自原光明乡（今富顺镇），人们亲切地称她"谢二姐"；其父姓唐，凤仪镇人，两人不幸感染麻风病毒后，便都来到麻风村中隔离治疗。那时，他们还很年轻，又同属苦命人，需要彼此安慰，相互给予温暖，相识一段时间后，他们便生活在一起，随后生下了他，让"家"更有了"家"的样子。他们成了村中最完美的组合之一，也算与平常人一样，过上了平静的生活。

出生后，唐勤奋便在村中一天天成长起来，到14岁时才离开。在童年和少年时期，他并未感到有什么特别之处，记忆中的生活还算不错，好似也很少有大喜或大悲的时候。他说，就是可惜没能上学读书，让自己没有文化。后来，他虽然通过自学，达到了能识字的水平，但没上过学仍是他至今都难以释怀的遗憾。这我可以想象，在那个由山野沟壑组成的世界里，一个幼小的身影，跟随父母劳作于田间地角，徘徊于春天的花丛中，夏日的绿荫下，秋天的潇瑟里和冬季的白雪中，单薄而孤独，也不知他心里有没有过痛苦，抑或是向往过什么。

在村里，他从能跑动开始，便经受着劳动的锻炼，只是强度很轻，属家务类的活，这成了他勤劳品质养成的起点。他说，开始时，他主要是放猪，猪是大家的。那时还属于大集体时期，麻风村也按普通的乡村模式管理，属单独核算的生产队，大家都通过参加劳动获取工分，然后按劳分配钱粮，他一天评半个工，即可记6分。

年龄稍大后，唐勤奋已长出了高挑的个子，便和其他村民一起，从事耕作、畜牧等农事，无论是耕地、播种、除草，还是收割青稞、麦子，或是挖土豆、掰玉米等，他都是行家里手。当然，他也上山砍柴、采药，和其他人一起穿峰过林，放狗打猎；村中修建房屋时，他也到山中伐木，拖着木头下山，还到山下背运青瓦等，日子过得忙碌而充实。那时，很多人都如山间的流水，只能顺势而去，适应着迎面而来的每一天，在随"缘"中，被看不见的命运牵着，身不由己地前行在无法选择的路上。

唐勤奋家就3口人，负担不重，父母都很勤俭，在参加集体劳动之余，他们还开垦出不少荒地，种着玉米、洋芋，收成属于自己，也找一些副业，每年都要喂一两头猪。他讲，当时的猪都不大，就一百多斤，也不用交"半边肉"到公社，生活中也就有菜、有粮、有肉吃了。同时，如庄稼欠收，口粮出现短缺，国家还会救济，通过调度把粮食划拨到村，也有一些现金补助，所以日子远比周边的村寨富足。

这让他的不少"发小"也分享到了他家的劳动成果。那时，虽然人们在心里都对麻风病感到畏惧，但日子长了，麻风村的人和附近村寨的人也开始了来往，相互走动甚至请客吃饭等情况时有发生。唐勤奋也一样，只是他交往的，当然是同龄人了。那些伙伴生活在邻近的卡芋、纳呼等寨，因处于特殊时期，生活普遍困难，和麻风村人相比，连吃点肉都是奢侈的事情，有时甚至连饭都吃不饱。

相互结识后，他们很快便成了要好的玩伴，时常混在一起。他带那些孩子进村，请他们到家里吃肉，吃玉米面蒸蒸饭。据其回忆，村中食堂只存在过一段时间，后来人们都各自生火煮饭，所以他能把小伙伴们带到家里，而他父母也很善良，待人友好。除了帮伙伴们偶尔改善一下生活，他还带着他们到农田里扯猪草，顺便弄些莲花白等蔬菜的叶子背回家。

现在，尽管大家都已长大成人，年近花甲，但那时结下的友谊却依旧延续在岁月深处。在离开刁花数十年之后，唐勤奋仍然与那些儿时的朋友保持着联系，他们相互走动，有大事小事时，更是相互帮忙，彼此照应。唐勤奋说，他和那些人一直亲如兄弟。我想，还有什么比这样的友情更值得珍惜呢？它真诚无私，不带任何功利目的，只要情趣相投，便是一生的朋友了，而拥有持久的友情，并相伴到老，也是人生中莫大的幸事。

唐勤奋在村中生活到14岁时，时间刚好进入20世纪80年代，羌乡在改革开放中逐渐复苏，到处都是欣欣向荣的景象，他便踏着时代的脉动，告别父母，走向了远方的新"家"。

离开的原因其实来自父母的焦虑，因为当时有传言说，孩子长到18岁时，如果继续和麻风病患者生活在一起，就会有被传染的风险。对此，深信不疑的父亲便四处为他寻找出路，他通过以前的关系，请熟人、同学帮忙，最终在永和沟找到一户人家，让儿子提前做了上门女婿。按当地风俗，他以"小引"（意为养子）的名义成了那家的人，成年后便要和他家的女儿成亲。

唐勤奋去的地方原属渭门公社的一个大队，今属细口村一自然村寨，位于永和沟深处。寨子坐落在溪沟南岸一座陡峭的山上，农田是在仅有的几块缓坡地开垦而成的，并不连片，散布于崖壁险峰之间。山上的植被很好，满山都是绿色，灌丛、杂树共生，有些许荒凉的景象，如站在对面的道财村遥望，田园、寨房都像孤悬于山野中，给人险象环生的感觉。

以前，这里未通公路时，仅有羊肠小道弯弯曲曲地连接着山里山外，人走在上边是怎样一种情景呢？鸟鸣身旁，绿叶青枝，浓荫处忽然现出一两座石头房子，

在田边接受笔者采访的唐勤奋（左），他当时正在销售成熟的青脆李（徐平摄）

不由得就有"柳暗花明又一村"的意境了。记得30年前我到山梁后的木耳寨采风时，曾经过那里。那时，小路从唐勤奋家房前穿过，我路过时，狗吠声四起，门前有几只鸡，一个女子正在不远的地里除草。同行的人说，这家人很特殊，男子是从三龙刁花沟来的。没想到现在我还会来到这里，并且专门拜访他，这会不会又是上天的安排呢？

当然，我这次是坐车上去的，路是水泥路面，修建于脱贫攻坚时期，从沟边盘旋而上，有好几千米。路像挂在山体上的一条线，弯而窄，车刚好能通过，从车窗伸出头向下看，目光便垂直而下，直落沟底了，如果胆子不肥，是既不敢开车也不敢坐车的，车上的我也有些胆战心惊。到了寨

子旁边，只见几人正在田里摘青脆李，一辆农用三轮车停在路边，见挡住了我们的去路，有人立即骑到车上往边上挪让。我问那人："请问你知道唐勤奋家在哪儿吗？"他答："我就是。"

事情就是这么巧。刚见面他就给我一种精干、朴实无华的印象，他长得很高，自己说有1.8米，显得干净利落，一张"国"字脸仍带着年轻时的刚毅，一点都不像快60岁的人。他说的第一件事是自己喜欢喝酒，还说自己喝酒的历史始于8岁那年。当时他因为脚关节痛，父亲便从山下买回了用"五甲皮"泡制的药酒让他涂抹，到了野外，他边用药酒揉痛处边喝，竟然就爱上酒了，现在每日仍要喝约半斤，一年下来能喝掉百十公斤，但他很有节制，他说："我从不会喝得烂醉，喝多了就回家睡觉。"

原来，他还是一个有着诸多生活情趣的人。

住到老丈人家里后，他先是以"养子"的身份和家人一起生活，4年后才正式结婚上门。从此，一家人一起劳动，共同操劳，日子也算平静。其妻是一个贤惠的羌族女子，二人婚后就住在女方娘家一幢有百十平方米的老屋里，收入虽不富裕，但生活也很幸福，几年下来，他们已有了2儿2女。

婚后第7年，唐勤奋另立门户。那年，改革开放已在羌乡农村进行了多年，土地承包到户，勤劳致富受到鼓励，人们的日子开始好过起来。分家时，他们得到了2亩多土地，在不远处寻找到一块地基，修建起石头房子后，一家人便安居其中，过起了日出而作，日落而息的生活。

他辛勤劳作，一直努力着想把日子过得更加滋润。他开垦了许多荒地，然后在10余亩山田上栽植经济林木。其中，主要作物花椒曾给他带来过可观的收入，一年可收摘干椒子400公斤左右，收入上万元，在当时算是十分富裕了。

家里孩子多，孩子们到了上学的年纪，就被送至山下的永和乡中心校读书，这让他家的经济负担较重。他说，曾经因为超生，自己还被计生部门罚了一笔高达8000元的罚款,这让他不得不寻求其他的致富门路。和许多农村家庭一样,他家中粮食虽然丰足,但经济却十分困难,在"穷则思变"中,他就有了在阿坝县的生活经历。

唐勤奋一家迁到阿坝县时,21世纪已经开始了,他把家中的地交给亲戚耕种,然后离开家乡,向千里外的目的地奔去。到了那里,唐勤奋首先把一家人安顿下来,接着,靠揽工程、挖药、打工等挣钱养家,并把小儿子送到阿坝中学上学。在阿坝县他们一待就是8年之久,让人生又多了一段难忘经历。

在那里,他很快就融入了当地人的生活。夏天,他和众人一起上山采挖虫草、贝母,有时一去就是很长时间,他们住在帐篷里,跋涉于绿草丛中,在广阔的原野上尽情地圆着自己的致富梦。我无需展开想象就可以感知当年的情景,无数身影移动在一望无际的草原上,身边开满了野花,他把大山的歌声也带到了草原,唱给纯净的大地听。他对大自然的恩赐一直怀着感恩之心,他说,一年下来,卖药材的收入就有8万元左右。

其余时间,他便打工挣钱,让大儿子在一个修车厂里做工,他则和妻子一起,帮助当地人修房造屋。当时,整个涉藏地区包括邻近的青海等地,都正在修建牧民定居点,需要大量人工,尤其是会砌石墙的工人更受欢迎。在打工期间,唐勤奋还成了包工头,我采访时他就回忆说,他包的工主要是修房子,揽下工程后,他便组织人员施工,最多时他的工程队有二三十人。那时,他挣的钱当然也比较多,加上其他收入,一年无论怎样都有10多万元。有时,他还带着人去更远的地方做工,如甘肃省的玛曲县,而在青海的果洛,他待过1年。

"5·12"汶川大地震后,他和家人返回家乡,用在阿坝县挣到的积蓄翻修了房屋,从此便留在家乡,一心务农。他和家人们齐心协力,在调整产业结构时,于地里广泛栽植了青红脆李树。我去那天,他家的青脆李正在出售,老板在地边现收,每公斤能卖七八块钱。他介绍说,仅李子即可采摘上万斤，收入4万来元，加上地中的辣椒等蔬菜，收入已算不错了。同时，他家每年都要养好几头猪，有时2头，有时4头，养得多时就出售一些，肉是吃不完的。

他和麻风村的联系也并没有断，回到永和沟生活后，他仍时常去那里，因为父母还生活在村中，直到为他们办理了后事方止。其父母离去时，都已是70余岁的老人，他们进村后就未离开过刁花，一直相濡以沫，彼此陪伴着牵手前行，守护着、关注着他的成长，也期盼着他照料、送终。

唐勤奋没有辜负他们，父母生病后，他便住进村里，悉心陪护，仅照顾母亲就坚持了半年时间。后来，两位老人在十多天内相继过世，他便就地为他们举行葬礼。当时，除了麻风村的村民，还有众多附近的卡芋村、纳呼村的人前往帮忙，大家热热闹闹地把他父母的棺木送进了村边的山野中。葬礼办得很热闹，他也尽到了一个儿子力所能及的义务。我想，这两位经历过一生坎坷的老人，如地下有知，也该高兴了，因为他们虽为特殊村民，却和平常人一样，在走完充满喜怒哀乐的人生路时，有儿子送行，有无数牵挂和念想留在人间。

如今，唐勤奋仍住在那片山野中，生活安宁。如今他家中有6口人，一个儿子已成家，来自贵州的儿媳已完全适应了本地的生活，女儿也都已出嫁，但不远，就在本村，日子都过得不错。至于依旧在阿坝县的另一个儿子，则在一家修车厂工作，逢年过节时，便会回来探望他们。当儿女们一起返回时，加上5个孙子，真是儿孙满堂了。

自己日子好过后，他仍没有忘记那些留在麻风村的村民。2020年他就将冯姓老者接到家中，让他在寨子里养蜂，帮一户缺少劳力的人家做些农活，使那家人的生活也有了更多的热闹和温暖。那人在他的关照下住了一年后，因为放不下麻风村，又回去了。

采访结束，我起身下山，他又转身走进了李子地里，开始采摘树上的果实。我望着他的背影，又一次感动了，人或许怎样过都是一辈子，无论是谁的人生，都会面对无数变故，当挫折出现时，就看以什么样的人生态度去面对。他降生于一个特殊的地方，却一直保持着乐观与豁达、坚强与随和的生活态度，或者这就是他走到今天，过上幸福生活的内因了。

唐勤奋的人生是积极向上、充满正能量的，无论在麻风村还是离开村子后的时光，他的命运都和时代的变迁紧密相连。

在时代的河流中，人只是一朵小小的浪花，河流清澈顺畅，浪花才会激荡出阵阵欢笑。

2022年8月31日

参考资料

[1] 冉光荣，李绍明，周锡银.羌族史[M].成都：四川民族出版社，1985.

[2] 杨迦，刘辅廷.茂州志（清道光）[M].成都：四川民族出版社，2013.

[3] 阿坝州地方志编纂委员会.阿坝州志[M].成都：四川民族出版社，2010.

[4] 理县地方志编纂委员会.理县志[M].成都：四川民族出版社，1997.

[5] 茂汶羌族自治县地方志编纂委员会.茂汶羌族自治县志[M].成都：四川辞书出版社，1997.

[6] 茂县地方志编纂委员会.茂县志[M].北京：方志出版社，2010.

[7] 茂县人民政府.青藏高原环境与山水文化·茂县卷[M].茂县：茂县民宗局印，2018.

[8] 茂县卫生局.茂县卫生志[M].茂县：茂县卫生局编印，2005.

[9] 茂县民政局.茂县民政志[M].茂县：茂县民政局编印，2005.

[10] 茂县地方志编纂委员会.三龙乡志[M].北京：中央民族大学出版社，2012.

[11] 茂县地方志编纂委员会.茂县抗震救灾志[M].北京：开明出版社，2018.

[12] 茂县档案馆.麻风村档案资料.茂县：茂县档案馆收集整理，历年.

后 记

　　我并不是一个宿命论者,但我相信命运很多时候都会捉弄人,诸如此书讲述的麻风村落,以及那些进入村里生活的群体。他们仿佛被一根看不见的命运之丝牵着,被动或主动地度过属于自己的光阴,经受着生、病、老、死的考验,悲喜都无关紧要,努力活着并试图活得更好,是支撑他们的信念。

　　而在一些时候,"活下去"更需要勇气。因此,所有置身于麻风村的人,无论是患者还是专职医生,都有着坚忍不拔的精神,他们挑战自我,与不幸的命运抗争。期间,时光从未因为那些人的幸或不幸放慢脚步,依旧匆匆而过,沉积了世间的喜怒哀乐后,便留下了故事。

　　故事是关于人和社会的,记述的全是别样人生,在麻风村即将完成它的使命之际,越发显得沉重而深远。如今,除了那座矗立在刁花沟内的高大楼房和部分曾经的村落遗迹外,更多故事已隐藏在了岁月身后,把它们寻找出来并以散文的形式讲述,作为时代的见证和对那群人与命运抗争的故事的片段再现,便成了一件有意义的事。

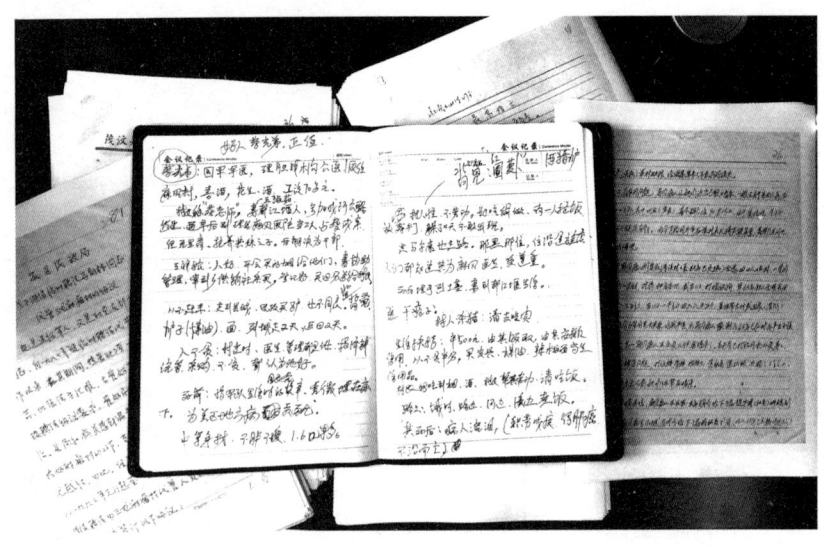

作者收集的部分档案资料与口述资料（梦非摄）

但这并不容易，我为此准备了好几年时间，无数次计划都因各种困难而放弃，直到年初，在阿坝州社会科学界联合会的支持下，才付诸行动。这让我感到有些事情的做成，是需要外力支持的，有时甚至还需要"倒逼"自己，给自己施压，把自己逼上梁山，即所谓的"不待扬鞭自奋蹄"。

课题开始后，我还真就有了被"逼上梁山"之感。麻风村是一个正被人日渐遗忘的存在，因为隐蔽，也因为曾经的偏远和与世隔绝等因素，档案资料零碎而不全，被收入县志和乡镇志、民政志、卫生志的，也只是村史的线条式片断。这就使对民间记忆里的口述资料的收集，成了写好该书的关键。

走访调查在3月展开。那时，最后的3个村民仍住在刁花沟内的麻风村里，我去时正万物萌动，野花开放，草木苏醒，枯枝挂绿，一切都充满了活力和生机，给人以春天的希望。三龙沟是我的调查重点，当地很多年长者都能讲出麻风村的一两个故事，尤其是直接参与其中的那些人，都是从建村开始到现在的见证者。所以，走访前后用去了3个多月时间，通过对原刁花寨老村民、管理员、沙坝镇与纳呼村干部群众、麻风村民的采访，我收集到了最为关键的田野调查资料。

半个多世纪以来，患者来来去去，如走马灯一般变化着，有人进村，也有人病愈后出村，还有人安息在了村后的山野里，让人感到人生如梦，又像一首意味深长的歌。走出去回归家庭生活的村民分散于岷江与土门河谷的羌村、羌寨，经历者和知情者大多已离世，健在的又多属古稀老人，这让采访增加了很多难度，好在除了他们自己的回忆，还有许多同龄人的讲述与档案资料佐证，几个月下来，也就有了令人满意的结果。

我在走访的时候，也同时走进了村史。我在采访中感悟曾经发生的事，想象他们经历的那些时光，感动无处不在，特别是那些经历过大悲大喜的患者，他们好似已悟透人生的一切，讲述时心情平和，不带任何情绪，有时甚至让人感到他们所说的事仿佛与自己无关，痛苦或欢乐似乎都发生在别人身上，给人超然的感觉。期间，通过与生活在沙坝、渭门、土门、都江堰、凤仪镇等人的交流，我自己也仿佛经历了一次不平凡的人生之旅，见证了人的坚韧和活着的勇气，让我想起余华的小说《活着》和那句"活着是活下去的唯一理由"。

麻风村建立后，入村治疗的患者共有200来人，他们的经历大同小异，都是在村中参加生产劳动、接受治疗，病愈后返乡生活，病故后埋在山中，留在村里的几位老人则享受着"五保户"待遇，或进了养老院安度余生。因资料缺失严重，亲历者的大量记忆又已被岁月带走，我在撰写时，只好本着"择其要而为之"的原则，将其中具有代表性的人和事记述下来，以呈现出刁花麻风村这段历史的全貌。

采访中，我最担心是当事人的回避或拒绝，怕他们不愿将那些往事讲述出来，但在进行中却未出现类似情况，问他们顾不顾忌时，他们都说："这有啥子呢？本来就是那个样子。"因此，调查又是顺利的，到8月，我就已直接或者间接走访了30来人。

对历史故事的讲述，口述资料是最丰富的民间档案，但天长日久又会出现记忆偏差，诸如发生的时间、人名、事发地点，所以档案资料与相关志书、笔记等便成了最好的印证。因此，对档案资料的查找也就成了完成该部专著的又一个关键。

于是，《茂汶羌族自治县志》《茂县志》《茂县民政志》《茂县卫生志》《三龙乡志》《茂县抗震救灾志》中记载的点点滴滴都成了重要的历史依据。零星资料则被收藏于茂县档案馆里，分散而繁杂，好在已建立了电子档案，输入"麻风"二字，该出来的就全部显示出来了。

要完成一部专著，作者就像一位厨师，要将各种食材完美搭配，才能做出一席色、香、味俱全的美食，于是材料组合便成了关键。我通过对收集到的20余万字的资料进行梳理、精心挑选、按规律分类，形成了以讲史、说事、记人为"纲"，用文学语言叙述发生的事，将档案记录与口述资料相结合，还原历史真实面貌的写作目标。所以，该专著是有关历史的，也是有关文学的，它是有温度的。作为一部"史话"或者纪实散文，"叙史"和"可读性"都是其显著特征。

特别值得一提的是，在写作中，我得到了阿坝州社科联、茂县人大、宣传、民政、卫生、文化、档案部门和黑虎镇、沙坝填、渭门镇、富顺镇、土门镇人大主席团，以及相关的耕读百吉村、纳呼村、永宁村、四坪村与茂县养老院等的大力支持，还得到了伍元瑜、文良才、陈庆洪、潘梦笔、李斌、陈柏林、马蓉、杨勇、杨凯、曾明勇、何树海、邓高辉、卞思德、徐平、熊淑琼、何志勇等诸多人士的帮助。

他们为我提供项目支撑，帮助我查找档案资料，寻找知情者线索，陪同我开展田野调查、走访留守的麻风村民等。在此，一并表示深深的谢意！

期间，无论访谈、资料梳理，还是具体写作，都是一个触动心灵和引人思考的过程，个人命运总和时代紧密相连，书中涉及的人和事都是在中华人民共和国建立后的背景下，每件事都值得被书写，每位村民的背后都是各种关怀、爱心、奉献等汇集的过程，它们和具体的人生相连，"宛如平常一段歌"，听或唱时都会让人泪流满面。

就此收笔，再次感谢所有热心人士和在麻风村中生活过的亲历者的讲述，也期待有识之士和专家学者、评论家提出宝贵意见。所谓"世间事了尤未了，何妨一了了之"，每一段历史都有结束的时候，只是留下的故事仍会被人讲述，麻风村也是这样，但和其他情况不同，终结才是其圆满的结局，才意味着新的开始。

而需要特别说明的是，为不打搅依旧健在的麻风村村民们业已正常的生活，我在书中刻意回避了他（她）们的名字或使用了化名。

祝愿天下好人都拥有一个更加美好的明天！

2023年12月